我可以不在你身邊，但請留我在你心裡。

原來有的人，不是不愛，只是陷得太早，藏在心裡太深，
連我們自己都沒有察覺。

網路小說人氣作家
Sunry——著

喂！不知道是不是年紀的關係，總覺得好像人到了某種年齡，就會渴望安穩平靜。

不管是生活、工作，或者……愛情。

你是不是也曾有過這樣的感受，在很年輕時，總幻想轟轟烈烈的未來？

色彩繽紛的生活、一番大作為的事業、讓人欲生欲死的戀愛！

彷彿，一切都要有夠大的衝擊，才足以證明自己曾經真實存在的力量。

很荒謬的想法和論點，對吧？我不能否認。

但我更不能否認的是，曾有那麼一段時間，它們確實是我的信仰、我的祈望，與未來的奮鬥目標。

不過，畢竟是輕狂的年少夢想，人一旦過了作夢的年紀，總會瞬間清醒過來。

就像午夜夢迴時，突然從夢境裡甦醒過來一樣，會有幾秒鐘的怔忡，會有瞬間分不清真實與幻境的錯覺。但，那也只是短短幾秒鐘，之後，就真的醒過來，也明白那一切只是一場夢。

或許痛、或許酸疼、或許捨不得，但終究，只是一場夢。

所以，現在的我，即使偶爾仍會悼念那些轟轟烈烈，已經遠離我的夢，但更多的時候，我期待的，是更平和的生活、更穩定踏實的工作，以及平靜無波、細水長流的愛情。

其實，細水長流也是一種浪漫，你說對不對？

第一章　擁有的美好

「喂，在幹麼？」

坐在我的 mini cooper 裡，我一手扶著方向盤，一手拿著手機，愉快地朝電話那頭問道。副駕駛座上放著幾串燒烤肉串，誘人的食物香氣，滿溢在我的小車裡。

「剛開完會。」電話那頭的人回答。聲音雖然有些疲憊，仍能感受到他語調裡的歡愉，「怎麼了？又要我買消夜過去給妳吃？」

「開會開到這麼晚？都九點多了耶。」我訝異，「到底是開什麼會？」

「炮聲連連的業務檢討會議。」

「好可憐唷。」

「我完全感受不到妳語氣裡有任何同情成分。」

「我也只是隨口說說，哪裡是眞的可憐你？反正各行各業都有自己的難處，壓力誰都會有，所以我才不會同情你呢。」

他笑了起來，「早就知道妳的答案是這樣，反正也不是第一天見識到妳的沒良心啦。」

「沒良心，就不會買消夜開車到你公司樓下等你。」

把車停在他們公司樓下的路邊停車格上，熄了火，在時序已經走入春末夏初的五月天，搖下車窗，所幸夜晚的晚風吹來有著清爽涼意，沒有白晝時的悶熱。我對著手機繼續說：「快點下來，給你五分鐘時間，倒數開——始！」

「喂，土匪啊妳，我還不確定能不能下班耶，老闆還在會議室裡和經理講話，搞不好等等還有什麼臨時會議也不一定……」

「有沒有這麼血汗啊？」我依然沒同情心地笑道，「這麼可憐，別說我這個做朋友的沒有同理心不夠情義……好啦好啦，給你六分鐘！六分鐘護一生，快點下來！逾時不候。」

「多一分鐘就算有同理心、有情義？」他叫起來。

「不管。」我不慍不火地揚著輕快語調，「我要掛電話了，快點喔，讓女生等太久是不禮貌的行爲唷。」

不等他回話，我快手快腳地結束通話。

然後，在車水馬龍的台北街頭靜靜等待。

等待那個叫作趙哲希的傢伙。

我和趙哲希認識很久了，久到我都忘了當初是怎麼認識他的，只記得，他國中時和我同校，雖然不曾同班過，我卻始終都知道有他這號人物。

也不是他特別帥或功課特別好，抑或在校園裡特別活躍。如果硬要我說出他有什麼讓人印象深刻的過人之處，那麼，大概是他的笑容吧。

趙哲希笑起來的樣子，特別孩子氣，純真、誠摯，彷若心無城府。

只是國中時候的我，即使知道有趙哲希這號人物，即使偶爾會在學校走廊上與他擦身而過，即使每每他出現時，總能輕易抓住我的視線焦距。但我從來不曾和他說過任何一句話。

一句都沒有。

趙哲希並不是我喜歡的類型，也不是我暗戀的對象，在我們生命的曲線幾乎沒有任何交疊的那些年裡，我根本沒有意料到，我往後的人生歲月裡，他居然佔了極其重要的一個位置。

一個任憑誰都無法取代的位置。

趙哲希再度出現，是在我大學室友林至臻的慶生會上。

那次，他是以男主角的身分現身。也是在那當下，我才知道原來他就是至臻口中那個總是笑得極度開朗，對人生十分樂觀，對她溫柔體貼，又處處禮讓的百分之百好男人。

與他四目相交的瞬間，我在趙哲希眼中。讀到和我如出一轍的訝異。

然而，那個晚上，我們卻一句話也沒有交談。

不是刻意迴避，只是找不到可以聊天的機緣。

「不只愛情，其實在這個世界上，很多事都是講求緣分的，程度的差異就在於緣分深淺而已。深一點，就能在對方的舞台上停留久一點。淺一點，大概就只有凝眸的瞬間。然而不管如何，終究有緣盡的一天。」

至臻失戀的那個晚上，她異常冷靜地這麼對我說。

只是，儘管她再怎麼冷靜，我仍能從她臉上看見龐大的哀戚，像一道怎麼樣也掩不去的傷疤，深深烙在她的雙眼深處。

於是，我約了趙哲希出來聊，也於是，我慢慢和趙哲希熟稔了起來。

然而，趙哲希再怎麼跟我交心，卻始終都不肯說他為什麼要和至臻分手。

有次他被我逼急了，就說：「難道要我跟她說『對不起，我從來沒有愛過妳』。妳覺得這樣會比較好嗎？」

我被他這句話瞬間惹怒，完全無法克制地咆哮起來，「趙哲希，你這個渾蛋！那你當初幹麼要和她在一起？你不知道她是用怎麼樣的心情，全心全意地在喜歡你嗎？」

「可是，和一個不能全心全意對待她的男生在一起，妳難道覺得這樣比較好？」

「既然你不愛她，那你爲什麼還要給她希望？得而復失的難過，遠遠超過始終不曾擁有過，你不要跟我說你不知道這兩者之間的差異。」

趙哲希的臉上並沒有因爲我的震怒而有絲毫改變，依然是一派若無其事的雲淡風輕。

「沒有相處過，怎麼知道合不合適？我的確喜歡林至臻，但我更明白，我的喜歡不是愛，她要的，我給不起，我能給的，也不是她希望得到的。」

趙哲希嘆一口氣，看著我，清澈的雙瞳像乾淨湖泊，倒映著我的剪影。他說：「愛情，有時候並不是一加一等於二這麼簡單，很多事情不足爲外人道，就好像如人飲水，冷暖自知的道理，是一樣的。」

於是，我沒辦法再和他「溝通」下去，也終於在那一刻起，深深明白，趙哲希的口條是我永遠也無法企及的。他那個人太會說道理，白的能說成黑的，黑的也能說成白的，我只有被氣到發抖的分，卻永無反擊的能力。

不過，排除他辯才無礙這項「缺點」，其他的，大抵都在我能接受的範圍。

最後，雖然他和至臻依然沒辦法走在一起，也沒辦法把逝去的情分轉換成友誼，不過，他們對彼此的關心，仍能透過我的口述，互相透徹知悉。

「我想，地球是圓的，說不定哪一天，你們兩個人走著走著就又碰面，然後重新在一起了。」

驟然失去的，永遠是心底最難以撫平的缺憾。

至臻在感情放得最深、最濃烈的時候失去趙哲希，對她而言，那是一份無法言喻的疼痛，痛到她要比別人多花幾百倍的力氣才能撐得過來。

雖然她幾乎沒在我面前放聲哭過，雖然她總是用微笑來支撐她的脆弱，但我依然能從她的眼裡，看見搖搖欲墜的悲傷。

於是，我這麼對她說，是安慰，也是盼望。

「不可能。」

至臻搖著頭，努力想將嘴角的線條上彎成弧，卻徒勞無功，她說：「在這個世界上，有好多感情都能化干戈爲玉帛，只要時間拉長，傷痛淡化了，就能消弭掉曾有的偏見，重新開始，獨獨愛情不行。任何人都沒辦法永遠愛對方超過愛自己，因爲愛情要花的力氣遠比其他感情都還要更多、更專注，所以，一旦失去了，便沒有人想再回頭去撿拾，害怕自己沒辦法承受再一次的傷害，害怕曾有的裂痕還沒完全縫補好，就要再度承受它破裂得更嚴重的後果。所以……我沒辦法，而趙哲希，也不可能會再回頭。」

這個世界上，有很多感情都能重新開始，獨獨愛情不行。

趙哲希眞的花不到六分鐘就出現在我面前。

「萬一我們老闆怪罪下來，我就拉妳和我一起去讓他炮轟。」

他打開車門，準備一屁股坐進來。

「喂喂喂，等一下等一下……」我連忙一把搶起放在副駕駛座座位上的燒烤串，免得被他一屁股坐爛，「這麼好吃的消夜要是被你坐扁了，我可是會恨你的。」

見我把整袋燒烤緊抱在胸前，他忍不住笑起來，「有沒有這麼寶貝啊？寶貝到不小心被我坐扁了要恨我？」

「這是當然，這可是我排隊排很久才買到的呢，要是你害我沒吃到，我當然會恨你。」我朝他皺皺鼻子，又笑嘻嘻地從塑膠袋裡拿出一串烤雞屁股遞給趙哲希，「喏，你愛吃的。」

「謝啦。」趙哲希見到那串烤得香噴噴的雞屁股，馬上開心得眉開眼笑，早忘了方才還在擔心他們老闆會不會臨時召見他。

「我說眞的，你們公司那麼血汗，我建議你眞的可以離開這間公司，反正天下之大，哪裡沒有你趙哲希容身之處？不然，可以去向媒體爆料啊。」

我一面咬著手上的烤米血，一面認眞地說。

「我倒是覺得還好，這份工作雖然累了點，不過我還挺喜歡的，很有挑戰性啊。」趙哲希不以為意地笑笑，「總比一天到晚坐在辦公室，日復一日做著相同內容的工作來得有趣多了。」

「是很有挑戰性呀，挑戰到你人都未老先衰了。」

我睨了他一眼，淡定回答。

趙哲希倒是不以爲意，扯開嘴角淺淺微笑，又繼續吃著他手上那串燒烤串。

見他沒被我激怒，我只好轉移話題，問道，「喂，你車在哪裡？要載你過去開車嗎？」

「不用了，妳送我回家吧。」說完，趙哲希馬上靠在椅背上，用舒服的姿態坐著看我，「我今天開會好累，不想開車了。」

「可是不順路耶。」

「麻煩今天不小心順一下路，好嗎？」

我被趙哲希臉上可憐兮兮的表情逗笑了，只好妥協地說：「好啦，沒事裝這麼可憐做什麼？我又不是你媽，也不是你女朋友，不會可憐你的。」

「妳哪裡不會可憐我？」趙哲希笑嘻嘻地把臉湊近，一臉頑皮，「妳的心是豆腐做的，這一點，我比誰都清楚，只可惜……」

我接著說：「只可惜嘴巴像刀子一樣利，殺人不見血。」

趙哲希眼見話被我截斷，依然只是笑，「哈哈哈，妳知道就好。」

「喂，這句話你講幾百遍了，都老梗啦，換句新的台詞好嗎？」

「等想到新的再換，我現在沒腦袋想，最近整個腦子都被公司的新企畫案塞滿，有很多活動要進行，我快爆炸了。」

我把吃完的燒烤串竹籤對摺，放進塑膠袋裡，抽了張濕紙巾擦過手，又抽了一張遞給趙哲希，然後發動車子，往趙哲希他家的方向前進。

趙哲希他家和我家反方向，而他公司剛好介於他家與我家中間。

「有沒有人像你這麼好命啊？居然讓我當你的司機，這個世界上，除了程威宸，你是第二個。」

我手握著方向盤，一面開車，一面對坐在一旁的趙哲希說。

「那眞是我的榮幸呢。」趙哲希言不由衷地說，隨即又問：「他不在呀？不然妳怎麼有空來找我？」

趙哲希口中的「他」，是程威宸，我男朋友。

「今天加班，本來約好一起吃晚餐的，不過他臨時有任務，就放牛吃草囉。」

我和程威宸在一起將近十年，在這漫長的十個年頭裡，我們分分合合好幾次，每一次分開，都痛定思痛決心不再回頭，可是每一次又會在他許下永恆的盟誓中流淚復合。

趙哲希曾經問我，如果一份感情只剩下爭吵，那爲什麼還要堅持。

「因爲我不想再重新適應一個人、一份感情。你不會不清楚，要從一段新感情中摸索出完美的平衡點有多麼難！我已經過了幻想愛情和期待白馬王子的年紀，也懶得再和一個新對象重新建立關係了。」

因爲我太明白，一段感情，除了剛開始的幾個月能夠擁有百分之百的快樂與甜蜜，其他的時間都像是在自虐。

用猜忌與計較、眼淚與咆哮，不斷不斷地虐待自己的心，還有對方的靈魂。

程威宸是我暗戀了很久的對象，從國小六年級開始我就開始喜歡他，暗戀的時間橫跨了整個國中跟高中時期。這期間，我當然也收過幾封其他男生寫的情書，但個性裡固執和寧缺勿濫的堅持，讓我沒辦法接受程威宸之外任何一個男生。

雖然我從來不曾對任何人提過我喜歡程威宸，不過，眼睛終究會洩漏情事。我的祕密不知怎麼的，竟傳到程威宸耳裡。於是，高中畢業那年暑假，程威宸打了電話給我，約我出去見面。

也是在那一天，我們在一起了。

沒有驚天動地的追求，沒有感人肺腑的承諾，沒有讓人臉紅心跳的情話。

程威宸只是淡淡的一句，「聽說妳喜歡我，其實，我也注意妳很久了，所以我們……我們是不是……」

然後，他突然握住我的手，那一刻，他什麼都不用說，我就懂了。

愛情來的時候，其實不需要過多的言語，不需要什麼驚心動魄的場面，更不需要閱人無數的經驗，只要一個眼神、一個小動作，你就能明白。

於是，程威宸和我的故事，從那一刻起，寫下了幸福的開頭。

後來我常常問自己，如果國中時，我沒有喜歡程威宸，那我有沒有可能暗戀趙哲希？畢竟，在那個青澀的年少時期，趙哲希的出現總能輕易就讓我的目光自然追隨。

不過答案卻是我無法肯定回答的，畢竟那只是個假設性的問題，而事實上，我已經暗戀程威宸在先。

「你們最近還好吧？沒再像前一陣子吵那麼凶了吧？」

趙哲希從容問道。他的眼睛並不看我，只是認眞地從副駕駛座前的置物箱挑出他想聽的CD，也不問我的意見，便逕自放進CD槽，聽他想聽的曲子。

「還好，也沒什麼可以吵的了，吵來吵去都是相同的東西，不是抱怨他工作太忙沒時間陪我，再不然就是他不滿我老愛買一些包包和鞋子回家，說我再下去都快要能開一間包包或鞋子專賣店了……喂，趙哲希，換別首曲子好不好？這首曲子很像催眠曲，我聽這個會想睡覺。」

「你們還眞無聊，」趙哲希又換了首輕快的樂曲，笑著說：「老問題還能吵這麼久，都不累嗎？我聽說，這種無聊的事，只要結了婚就不會再吵了。」

「是嗎？你聽誰說的？」

「我同事。」

「眞的？爲什麼？因爲結了婚就算到手，所以就不會再患得患失沒安全感嗎？」

「不是……是結了婚，可以吵的事情更多了，比如吵兩家子的事啦，吵孩子的事啦，吵柴米油鹽醬醋茶啦……一些雜七雜八的。那這些無聊的小事，當然就不會想再去吵了啊。」

「趙哲希，你這是在勸我不要衝動結婚的意思嗎？」

「我可沒這麼說。」

「但你的意思分明就是在勸阻我。」

我瞟了他一眼，然後把視線拉回來，繼續看著眼前的車流，語氣平淡地說：「不過我要感謝你，這樣萬一程威宸哪天向我求婚，而我還不想葬身的話，我就可以引用你的話來告訴他……你放心，我知道現在是很注重版權的時代，我會順便告訴他，這些話都是你跟我說的。」

也許，在愛情裡，那些所謂的負面情緒，才是真正讓我們認清這個世界的元素。

程威宸打電話來的時候，我剛好把車停在趙哲希家門口。

「嘿，妳在幹麼？」

當程威宸的聲音從手機那頭傳來，趙哲希很貼心地幫我調低車上樂曲的音量，坐在一旁，安靜對著我微笑。

我知道，他沒有馬上下車，必然是還有些話要對我說，於是我對他比了個手勢，要他等等我。

「剛送趙哲希回到家，怎麼啦？你可以下班了嗎？要不要我順道去接你？」

很意外地，程威宸對趙哲希沒有任何敵意，他始終知道趙哲希的存在，也深深認定趙哲希不會對他造成威脅。

他認為，以趙哲希的外形，並不足以成為他的對手。

程威宸對自己很有自信。

「不用，我等等自己開車回去就好，其實也沒什麼事，只是想知道妳現在在做什麼，今天我加班會晚一點，妳晚上不用等我電話，沒事就早點睡，等等回去的路上開車小心一點，OK？」

「你很愛瞎操心耶，我又不是小孩子了……知道了啦，你下班回家開車也要開慢一點喔，回到家發簡訊給我，說不定我半夜醒來上廁所時會看見。要確定你已經安全到家，我才能睡得安心嘛。」

和程威宸又閒聊幾句，我們才結束通話。

「唉唷，很甜蜜嘛。」

見我放好手機，趙哲希忍不住取笑我。

「怎樣？是嫉妒還是羨慕？要不你快點去找個可以和你情話綿綿的對象，好好談個噁心巴拉的戀愛，就不用天天羨慕別人儷影雙雙，你覺得如何？」

「不甚好的建議。」趙哲希搖頭，微笑的表情看不出來是認眞還是隨意說說，「在還可以單身時，我絕對不要放棄這種可以隨心所欲過日子的權利。況且我又不是沒談過戀愛，那些海誓山盟、海枯石爛的話，我也可以講得流暢動聽不結巴，可是說好的不離不棄呢？到最後還不是灰飛煙滅……」

「幹麼這麼灰心？緣分只是還沒來敲門而已，又不是你被幸福遺棄了。」

「我才沒有灰心。」趙哲希饒富興味瞅著我，「只是我看到某人不過談場戀愛，就被搞得人不像人、鬼不像鬼，動不動就搖頭嘆氣或淚流滿面，爲此，本人深深引以爲鑒，不敢重蹈某人覆轍，以免把自己的壽命狠狠折去二十年，多不划算……」

趙哲希話還沒說完，我一巴掌已經落在他的肩頭。

「少幸災樂禍，我就來拭目以待，等你不小心又談戀愛時，可以多優雅、多怡然自得，不被那些情愛俗事煩擾了心。」

趙哲希只是面帶微笑看看我，停了片刻，才又開口，「喂，林至臻最近有沒有和妳聯絡？」

「沒有。」我搖頭，「前幾個月她換新公司，一方面要適應，一方面工作量比先前那間公司大，我也忙，所以失聯了好一陣子，怎麼了？」

「昨天她打電話給我。」

「啊？」

我像受到什麼驚嚇般登時瞪大了眼、張大了嘴。

趙哲希被我的反應逗笑，「幹麼？又不是什麼靈異事件，妳有必要這麼誇張嗎？」

「人家很意外嘛。」我急巴巴地又問：「她怎麼突然打電話給你？」

「她說她要被外派到國外的分公司去，出國前想跟我吃頓飯。」

「你答應了嗎？」

「妳覺得我不應該答應嗎？」

「可是這樣……會不會很尷尬？當初你們兩個人分手時，決裂得很徹底，好像有什麼不共戴天之仇一樣，現在再碰頭，還要一起吃飯，不會感覺很怪嗎？」

「時間都過這麼久了，如果曾經有什麼，也早就放下了。而且我們也已經不再是以前二十初頭年紀的小伙子，再相聚，說不定會有親人般的感覺也不一定，畢竟以前我和她那麼熟悉過。」

「喔，趙哲希，這些話你要是早幾年告訴我不是很好嗎？那些心結早幾年解開，說不定你們兩個人還能走在一起呢。」

「我和林至臻其實也沒什麼心結，不過就是我覺得我跟她並不是頻率相同的人，所以與其困住她另尋幸福的路，倒不如乾脆一點分開。不合適的感情就像連續劇，拖久了，就是歹戲拖棚，不會有什麼看頭，只會招來天怒人怨罷了。」

我一臉驚奇地盯著趙哲希看，像看到什麼奇花異草一般。

「哇！趙哲希，我知道你學生時代功課很不錯，國文造詣也沒爛到哪裡去，不過我不知道你用連續劇來形容感情，居然可以形容得這麼貼切，太強了！」

儘管被我稱讚，趙哲希依舊維持他一貫的淡然，淺淺微笑。

「星期六晚上有沒有空？」他又問。

「幹麼？」

「我請妳吃飯。」

「咦？你幹麼要請我吃飯？」我盯著他的臉，努力研判他在耍什麼鬼心眼，「怎樣？你是中樂透還是統一發票？好端端的幹麼要請我吃飯……禮多必詐！我要拒絕你。」

「那隨便妳，不去我剛好可以省一頓，別說我小氣。」

趙哲希說完，打算開車門下車。我想想不對，趙哲希這個人並不會無緣無故說要請我吃飯，他會提議，必然是有什麼緣由。

於是我迅速拽住他背後的衣服。

「快點說，到底為什麼要請吃飯？理由正當，我就跟你去。」

「請妳吃飯還要理由！妳這個人未免太難伺候了吧。」

「難伺候是我的特色……快說，到底是怎樣？」

趙哲希停頓了幾秒鐘，才終於開口宣布謎底，「林至臻也想見見妳，她約了我們兩個一起去吃飯。」

「喔，你這死孩子，這種事你剛才怎麼不一起講！這樣搞神祕有比較爽嗎？害我剛才還在想，林至臻怎麼要出國了這種大事沒跟我說，也不找我出去聚一聚。當初和她鬧翻的是你又不是我，她沒必要牽怒給我吧！好歹我也當了好一陣子的和事佬，雖然感化不了你這顆頑石，不過沒功勞也有苦勞嘛。」

我噘著嘴瞪趙哲希，他這個人就是這樣，什麼事都不疾不徐的，吃飯、走路、講話都一個樣，好像火就要燒到他屁股了，他依然處變不驚，宛如老僧入定。

只有幾次我被程威宸弄哭時，閉著嘴一句話也不肯說，只是急巴巴掉著眼淚，他老兄才難得一見地緊張得手足無措，卻什麼安慰的話也講不出來，就這樣傻傻坐在一旁遞面紙給我。

「反正遲早要讓妳知道，早講晚講有什麼差別嗎？」

是不是？這話是不是光聽就很想吐血？

他是覺得早講晚講總是說了就算講過，但依我火象星座的見解，早幾分鐘知道，和晚幾分鐘被通知，心裡的感受是差很多的。

不過，跟這種沒啥脾氣的人根本就吵不起來，在他面前大吼大叫也只是自損形象，他老兄根本無動於衷，甚至會認爲是我小題大作。

「好啦，時間地點你再傳簡訊跟我說，我現在想回家休息了，不跟你聊啦。」

「那開慢一點。」趙哲希下車後，又轉頭對我笑著，「回到家打個電話給我。」

「OK，拜。」

我朝他點頭，關上車窗，油門一踩，便在趙哲希的注視下，迅速駛離。

偶爾我也會想，自己的感情是否就像不願下檔的連續劇，只是歹戲拖棚而已。

❀

問程威宸要不要和我們去吃飯，順便讓他見見傳說中趙哲希的前女友，結果他很帥氣地直接拒絕我，還跟我說他那天有個朋友聚餐，希望我能推掉約會，陪他出席。

本來就沒想過他會答應陪我去，不過也沒料想到他那天剛好有聚會，還要我作陪。

「可是我已經答應趙哲希要去了，況且，林至臻都要出國啦，這頓飯算是幫她餞行，我們都好久沒見面了。」

「但是我也跟我朋友說一定會帶妳一起過去啊。」

程威宸說著說著便板起臉來。他一變臉，我的臉色自然也好看不到哪裡去。

「這種事你怎麼可以沒問過我的意見就幫我決定？你有你的朋友，我也有我的，我們誰都不是依賴著誰生存。今天這件事，我會問你，是基於尊重，如果你不能去，我也不會勉強你。可是你跟朋友聚餐要帶我出席，那你是不是應該先問問我的意思？」

「我怎麼會知道妳那天有事？妳沒講，我當妳那天的行程是空的，人家問我人數，我當然直接把妳也算進去了。」

見程威宸一副理所當然的模樣，我火氣更大了。

「都不用問的嗎？我又不是你的附屬品，憑什麼你可以擅自替我做決定？」

我的脾氣一暴走，就會開始口不擇言，什麼難聽的話都講出來。於是，程威宸和我就這樣一言不合大吵了起來，一頓好好的晚餐，也這樣被我們毀了。

我已經分不清楚，我們兩個人這麼會吵架，當初是為了什麼會決定在一起，是因為對彼此的眷戀，還是因為我對他的過分喜歡？

在傻傻暗戀的那段歲月裡，每次只要偷看程威宸一眼，或者捕捉到他不經意瞟向我的眼神，心裡就會塞滿濃濃的喜悅。這樣的快樂，有時甚至可以持續好幾天。

那時，我很單純地以爲，只要和自己喜歡的人在一起，我就可以滿足，就能夠永遠快樂。

可是，慾望會造就一個人的愛恨嗔痴，我發現，原來我並不是那麼容易滿足的人。

我總是希望程威宸能多花一點時間陪我。總是希望他可以在我想見到他時馬上就出現在面前。希望他可以不要那麼重朋友，能將生活重心放在我身上。總希望他可以吃一點趙哲希的醋，好讓我感受到他對我的在乎……

我是一個如此自私的人。

自私地想要擁有愛情，也想要擁有我自己。

可是，偏偏程威宸不是這樣的人。

他喜歡工作，他重視朋友，他有忙不完的事和應酬，他從來不吃趙哲希的醋。

後來我發現，愛情裡，光有「愛」是不夠的，要延續一段感情，就必須學會妥協、學會忍耐，必要時，還要學會「強顏歡笑」。

畢竟，沒有任何一個人的愛是盈滿的。

時間總會磨去許多東西，包括我們個性裡的稜角，包括我們與生俱來的單純與天眞，當然，也包括一個人對另一個人的「愛」。

然後，眼淚會代替一切。

如果有一天，我連眼淚都失去了，那是不是表示我和程威宸也該結束了？

吵完架那天晚上，我很累地開車回家，然後把自己泡在放滿熱水的大浴缸裡，咬著唇，無聲地哭了起來。

是不是每一段愛情裡，在微笑背後的，眼淚都是必要的附屬品？如果我只想要快樂地和一個人在一起，會不會太貪心了？

愛情的本質應該是甜的，但是層層包裹住愛情的那些慾念和冀求，卻讓愛情變苦了。

苦到讓人心會酸、會痛、會掉淚。

我好懷念和程威宸剛談戀愛時的那段歲月。那時我們不會開車，也沒什麼錢去餐廳大啖美食，卻擁有無價的快樂。即使只是肩並肩坐在寒流過境的冬夜街頭，共吃一碗冒著熱氣的關東煮，也會覺得好開心、好幸福。

可是，那些日子不會再回來了。

一旦走過，不管再怎麼留戀、再怎麼珍惜，還是會成爲過去，變成回憶。

趙哲希在我剛入睡時打電話來，問星期六那天需不需要他來接我去餐廳。

「都好，看你方便。」

我嚴重哭過之後，濃濃的鼻音藏都藏不住，趙哲希毫不費力地就發現端倪。

「怎麼啦？妳在哭？」他問，急切的語氣裡，有讓人溫暖的關心。

「是剛剛，現在沒有了。」

「又吵架？」

「嗯。」我不想隱瞞他。

趙哲希輕輕嘆了一口氣，問：「這次又是什麼事呢？」

我把事情的經過約略簡述給他聽。

「這種事好好講不就好了？需要大動干戈地吵嗎？弄得兩敗俱傷不是更不值得？」

「我也知道這種事好好講就好了，問題是程威宸不肯和我好好講啊，他那個人一火起來是沒有理智的，我根本沒有辦法跟他溝通，只好跟著他一起吵。你以爲我喜歡這麼沒氣質地和一個男生在街上大吼大叫嗎？我也很痛苦、很掙扎好不好？」

我坐起來，抱著抱枕，將下巴抵在抱枕上。這個紅色心型抱枕一直是我最喜歡的，那是我們相戀第一年，程威宸送我的生日禮物……一想到這裡，心，又酸了起來。

「妳掙扎什麼？」

「掙扎到底要不要跟程威宸分手。這樣的愛情，和我的認知相差太多了，我甚至覺得以前那些快樂的時光是一場夢，一場根本不曾存在過的夢。說不定，那些微笑和甜蜜心情，都只是我的幻想而已。趙哲希，是不是每一段感情走到後來，都只會剩下憤怒和怨懟，還有眼淚？」

我覺得自己好悲哀，面對一段壞感情，卻沒有拋棄的勇氣。也不清楚這樣拖下去為的到底是什麼，甚至還期待有一天情況會好轉，期待我和程威宸能夠再回到從前，我依然是那個窩在他懷裡笑得開心的小女生。

我們曾經擁有的美好，如今已然不再。

「妳幹麼這麼灰心？說不定是程威宸剛好心情不好才和妳吵架的，也許明天他就會像以前那樣，一大早就在妳家樓下等著接妳去上班啦。妳不要想太多，那些負面情緒等睡覺時就一一把它們留在夢裡，明天醒來，妳就會好一點了。」

「可是趙哲希……我好累……我累到好想放聲大哭，或許我的確很喜歡程威宸，但是，他卻不是最適合我的那一個。我發現，原來光有從前那種偷偷的喜歡當基礎是不夠的，時間會流逝，我們對一個人的感覺也會流逝……我好像沒辦法再像以前一樣那麼喜歡程威宸了。說不定，我喜歡的，只是那時因為暗戀而被我完美化的程威宸，不是我眼前這個眞實的程威宸，你說對不對？」

有一滴淚，從我的左眼眶重重摔落下來。

電話那頭的趙哲希沉默片刻，幾秒鐘後才開口，「李育蓁，妳累了，該好好去睡一下，但記住，千萬別再胡思亂想了，事情沒有妳想的那麼糟糕，眞的。愛情就和這個世界一樣，雖然不完美，但它依然擁有獨特的魅力和可愛之處，妳冷靜下來後，妳就會發現了。」

我沒再開口反駁趙哲希，只是很聽話地向他道晚安，安靜地躺在床上，努力不去胡思亂想。

可是，那種心彷彿被什麼東西狠狠戳刺的感覺，卻如此鮮明深刻，無法忽視。

曾經我以為我很懂程威宸，後來我才發現，其實我對他的了解根本就不夠深。他總是能跟隨著這個世界的腳步前進、變化，而我卻跟不上他的腳步，只能傻傻地佇在原地，守著我們的過去，以為他能回頭拉我一把，以為他會發現我的徬徨，而停下不斷往前的腳步。

但是，程威宸不是這樣的人，他從來不會爲任何人停下腳步，即便是我，也沒有辦法讓他減緩前進的速度。

這樣苦苦等他回頭發現，再怎麼努力也追趕不上他，我好痛苦。

如果我和程威宸最後的造化是分離，那爲什麼不能明快果決一點？這樣拖著耗著，只是延長痛苦的時間，加重傷痛的深度，對我和他的未來根本沒有任何幫助。

這一刻，我好像有點懂得趙哲希當年快刀斬亂麻的決心。

愛情就和這個世界一樣，雖然不完美，但依然擁有獨特的魅力和可愛之處。

之後接連兩三天，程威宸都沒和我聯繫，而我，基於女生的矜持和與生俱來的驕傲，只能不斷看著沒有任何來電顯示和未接來電的手機，偷偷在心裡罵他沒良心，卻也堅持不肯先主動妥協。

「幹麼？想打電話給他就打啊，又不會少一塊肉。」

前往與林至臻約定的餐廳路上，我坐在趙哲希的車子裡，他笑著看我，那笑容裡，有戲謔的成分。

「誰說我想打電話給他？我是怕公司打電話來我漏接了。最近我們公司接到一個大case，我是重要工作人員之一呢，萬一同事打電話來要和我討論工作的問題，而我沒接到，很對不起還在加班的他們耶……還有啊，誰要打電話給那個討厭的白目鬼？哼！我才不想理他呢。」

「唷！妳什麼時候這麼熱愛工作啦？我不知道妳連假日都這麼關心公司的作業進度呢。」趙哲希依然是笑，但從他講話的語氣裡，我感受不到任何誠懇。他頓了頓，又說：「如果眞的想他，就打電話過去吧，憋在心裡不是更難受嗎？偶爾低個頭，並不會讓妳損失什麼。」

「我、我又不是……我才沒有……」一開口，我的氣勢就整個弱掉，支支吾吾了半天，眼睛突然骨碌一轉，氣勢大振地瞪著趙哲希，「喂，趙哲希你很奇怪耶你，幹麼一直勸我打電話給那個爛人？他賄賂你是不是？」

「他幹麼爲了妳來賄賂我，妳値得了幾塊錢？」趙哲希反應很快地反將我一軍，「我只是不喜歡看妳愁眉苦臉的，我還是覺得平常笑到眼睛瞇起來的妳最可愛。」

「我也不認識愁眉苦臉的自己。」我的氣勢又輕易地弱了下去，「是不是喜歡一個人，都會讓人變得很沒有自信？我覺得這樣的自己好糟糕，很容易就被那些壞情緒影響，變得又卑微又怯懦。」

「李育蓁，之前是誰跟我說，所謂的價值，是自己給自己的，任何人都左右不了另一個人？又是誰跟我說，每個人在這個世界上，都是獨一無二的。不管是誰，會來到這個世界，必然都背負著某種重要的使命，所以每個人都很重要，也不需要去羨慕別人，或者看輕自己。當初跟我說這些勵志大道理的人跑到哪裡去了？」

「唉唷，趙哲希，你不懂啦……」

「喔？那妳倒說說，我是不懂什麼？」

「你不懂女孩子遇到愛情時，那種心情很容易被對方捏塑的無力感，你不懂女孩子一談起戀愛，就會像從大海裡被撈起來一樣拚命掉眼淚的心情，你也不懂女孩子喜歡一個人時，那種對美好未來過分冀望的渴求。」

我盯著趙哲希的側臉，突然覺得平常能夠跟我侃侃而談，不需要我講太多話就懂得我在想什麼的趙哲希，一遇到女生的感情事件，就會變得和程威宸一樣笨。

到底是我們女生要求得太多，還是男生根本就不曾費心了解呢？

其實我們要的很簡單，也就是兩顆貼近的心，一份靈犀的默契，還有永不停止的喜歡……如此而已。

不過，程威宸說我這樣太貪心。他說，他不明白兩顆心要怎麼貼近，默契要怎樣才算夠靈犀，但是，他可以一直喜歡我。

「程威宸有沒有跟妳說過，女生是世界上最麻煩的動物？」

這回趙哲希沒再看我，而是完全牛頭不對馬嘴地丟出這句話。

因為太訝異於趙哲希說出這樣的話，所以我一時之間完全沒辦法反應。

「因為女生總是希望男生能懂她，又不肯說出自己心裡的話，都要男生來猜，猜錯了，就生氣哭泣，嚴重一點會吵著要分手。又或者，女生總是希望男生可以對她全心全意，最好男生能把所有時間都給她，生活裡不要再有其他女人，包括他媽，可是我們男生身上背負的責任太多，沒辦法一天二十四小時都把自己埋在這種小情小愛裡，更多的時候，我們還要兼顧自己的事業或父母和朋友，於是女生就會覺得我們不在乎她……可是，李育蓁，雖然女生是這麼麻煩又任性的動物，但我們男生從來不曾對愛情畏怯，遇到喜歡的女生，明知道在一起後，又是另一場災難的開始，我們還是會勇敢去愛，因為保護自己喜歡的女生，是我們男生來到這個世界上的重要使命。」

趙哲希的話讓我好震撼！

「李育蓁，妳不要老覺得程威宸不懂妳，或是他不在乎妳。你們這麼多年的感情，絕對不是玩玩而已，十年的時間不算短，它已經是妳來到這個世界上接近三分之一的歲月。這一路上，程威宸陪妳成長，陪妳看這個世界，惹妳哭、逗妳笑，這些年，你們兩個人都依賴著對方而存在，所以，妳不要這麼輕易質疑你們的感情，瓶頸總會有的，但想辦法去跨越就好了。眞的，沒有什麼困境是跨不過去的，再怎麼壞，也總會過去。」

我呆呆地看著趙哲希，然後發現自己的眼睛濕濕的。

不是想起程威宸，或我們這段愈走愈艱辛的感情，而是因爲趙哲希那番話。

不知道爲什麼，明明是我和程威宸的愛情，趙哲希卻永遠是看得最清楚的那個人，他總會在我迷惘時，適度地點我一下，拉我一把。偶爾當我傷心難過，看不清前方，他會爲我指引方向。

「妳幹麼？」

見我傻愣愣地不說話，趙哲希便轉頭過來看我。

「趙哲希，我覺得……」我安靜了幾秒鐘，又吸了吸鼻子後才開口，「你好像我的燈塔。」

「什麼？燈塔？」趙哲希失笑，「爲什麼是燈塔？」

「因爲你會指引我方向。」

「啊？」

「每次我只要迷失了，你都會幫我找出方向，然後告訴我該往哪邊走。」我說：「如果沒有你，我眞的不知道該怎麼辦。」

趙哲希一隻手握著方向盤，一隻手摸摸我的頭，笑著，「如果沒有我，妳還是可以很好的，因爲妳是李育蓁啊，沒有人可以打敗。即使是遇到逆境，也能很快振作起來向前走的李育蓁。」

「其實我沒有你想的那麼堅強。」我看著他，認眞地說：「很多時候，我的倔強和淡漠，其實是用來掩飾我心裡的害怕。」

遠處路口的燈號切換成紅燈時，趙哲希減緩了車速，直至完全靜止，他才轉頭對我笑了笑，說：「但是偶爾會害怕與不安的李育蓁，在我眼中，才是最眞實又可愛的李育蓁，因爲只有在那個時候，我才能感覺到，李育蓁也是個女孩子，也會有想要人保護和傾訴的時候。」

趙哲希講話的語氣充滿誠懇與眞摯，但我還是覺得好像哪裡不太對。

「趙哲希，你這句話好像有點怪怪的，難道，平常我不像女孩子嗎？」

「妳看過有哪個女孩子會抓起玻璃酒瓶和男生拚酒？妳看過有哪個女孩子一生起氣來會六親不認地抓住人，完全不顧形象破口大罵？妳看過哪個女孩子就算穿著高跟鞋和窄裙，還是站沒站相、坐沒坐相，甚至可以不怕危險地跟著幾個男生跑去追搶匪，還邊跑邊大聲嚷嚷？妳看過……」

「喂，等等、等等……趙哲希，你確定你說的那個女生是我？」

趙哲希臉上依然是那抹寧靜的微笑，他反問我，「要不，妳覺得呢？」

「我哪有這麼男人婆？」

「難道妳以爲妳很小女人嗎？」

「小女人倒也不至於。」我皺起眉頭，「可是至少我應該還是很女生啊。」

「只有穿高跟鞋走路不會跌倒，以及會化妝把自己打扮得光鮮亮麗，這兩個部分比較像女生吧！其他部分，妳和男生有什麼不同？」

「喂，趙哲希！」我惡狠狠地瞪他，「你說這些話很污辱我耶，我根本就不是像你說的那樣。以前別人寫情書給我，都說我看起來很有氣質耶……分明就是你的眼睛和感覺有問題。」

趙哲希聳聳肩，在綠燈亮起後，又重新把視線拉回車水馬龍的路面上專心開車，不再繼續剛才的話題，很明顯他一整個就是在逃避。

雖然你從來就不是我的誰，但我總想著，要是這個世界沒有你，我又該怎麼辦。

我們比約定的時間早半個小時到達，林至臻還沒到，服務生領著我們兩個人到她預先訂好的位置就座。

「喂，我還是對你剛才那些話有疑慮。你看看，我哪點不像女生？我拿杯子喝水還會翹小指頭呢。」

趙哲希正在喝水，聽我這樣說，嗆了一下，差點把嘴裡的水噴到我臉上，還好他及時用手摀住口，才沒釀成災情。

「妳不要那麼搞笑好不好？」趙哲希完全無法克制地又咳又笑，還一面對我說：「翹小指頭跟像不像女生是兩回事，好嗎？」

「要不你看看。」我撩起額上的劉海露出額頭，「我有美人尖耶，就算不是美人，也是個女假包換的女生。」

「那有什麼了不起？」趙哲希學我，把他額前的頭髮往後撥，露出飽滿的額頭，「美人尖我也有啊。」

「哇！趙哲希……」

見我無法抑制地大叫，趙哲希連忙拉住我的手，示意我小聲點。

「控制一下好不好？淑女是不會這樣大吼大叫的。」

「我很驚訝嘛。」我摀著嘴，聲音從掌心裡鑽出來，「我不知道你也有美人尖……可是，爲什麼男生會有這個啊？那不是女生的專利嗎？你又不是美人，學人家長什麼美人尖嘛？」

趙哲希一副快昏倒的模樣，他敲敲我的額頭，「美人尖只是顯性基因的一種，這並不是女生才會有的專利，很多人男生也有美人尖啊。」

「什麼嘛，原來是基因的一種啊。」

我有些失望地嘆了口氣。

「不然妳以爲是怎樣？」

「我以爲我是美人嘛，雖然現在看起來不大像，但說不定再過幾年我就會變成美人啦。」

「現在不是，妳覺得以後就會是了嗎？」

我哀怨地瞪趙哲希一眼，他語氣裡的嘲諷，我怎麼可能會聽不出來？

「你非得這樣落井下石嗎？人家還在和男朋友冷戰，心情不大好耶，你就不能體貼我一下嗎？」

「好啦好啦，老實說，妳眞的是個美人。」

「眞的嗎？」聽見趙哲希這麼說，我馬上前嫌盡釋，打算不再跟他計較。

「對啊。」趙哲希笑嘻嘻看著我，學我把雙手放在桌面上，身體往前傾，盯住我的眼睛，「這樣有沒有開心一點？我這個朋友還不賴吧！會講好聽話逗妳開心耶。」

「喔，趙哲希！」我朝他手臂「啪」地一聲無情地打下去。「你後面那些話不講沒人會怪你，我還能當你是眞心誠意這麼說，你幹麼要這麼老實嘛，很煞風景耶。」

趙哲希嘻嘻笑，「女生不就喜歡聽假話？愈浮誇不實的妳們愈愛聽……啊，對！愛聽好聽的謊言這一點，妳也滿像女生的。」

「好聽的謊言是不管男生或女生都愛聽吧。」

「也不一定！像我就比較務實，喜歡聽眞話，討厭美麗的謊言。」

「也就是說，你寧願聽殘酷一點的話，也不願意聽那些安慰你的善意謊言？」

「嚴格來說，是。」

我認眞看著趙哲希的眼睛，半晌才出聲，「那你的心臟一定很強。」

趙哲希抿著嘴淺淺微笑，「和心臟強不強沒關係，但與其聽見欺瞞的話，我倒寧願接近眞實面的說法，至少不用揣測那些話中有話的殘酷面，妳不覺得那些繁複的謊言會讓人疲累嗎？不管是不斷說謊去圓前一個謊言的人，或是聽著那些完美謊話的人。但是一旦謊言被戳破，不管是誰，都會受傷。」

雖然趙哲希說的也沒錯，但是和他比起來，我是比較鴕鳥一點，與其接受那種讓人痛徹心扉的眞話，倒不如聽些安慰人的好聽假話來得順耳些。

我從來就不是那麼勇敢的人，很多時候，會因爲不想面對眞實而逃避問題，尤其是在愛情的領域裡。

就像程威宸和我，當我發現我們兩個人的生活圈已經差距愈來愈大，話題愈來愈沒辦法產生共鳴時，我就知道，或許眼前這個我愛的人，終有一天會與我分道揚鑣。或許幸運一點，終究還是與他修成正果，但那份曾經迴盪在彼此心中的悸動呢？那顆曾經因爲他、因爲這段愛情而怦然的心跳呢？

一份感情，再怎麼小心維護，一旦沒了「愛」，就成枉然。

也許，在愛情的世界並沒有所謂天長地久，沒有人會永遠愛著另一個人。再怎麼用力撞擊出來的愛情火花，一旦殞落，就會熄滅。

愛一個人，只是一瞬間的事；不愛一個人，卻需要一段時間的消磨。

林至臻很準時出現，她來的時候，趙哲希和我正熱烈地談論著年前他和以前大學社團同學一起去攻山頭的事。

「當然很累，不過當妳站在山頂上，看見美麗的景致，那種極致的天空藍，和蒼翠的綠，還有層層山嵐環繞的風光，是妳在一般海拔較低的山上不容易看見的。我覺得妳應該也要去看一看，妳會發現，原來這個世界上眞的有書上說的美麗仙境。」

趙哲希喜歡爬山，我是一直都知道的，每每他只要說起他又去了哪座山，經歷了什麼過程，那眸中熠熠閃爍的光芒，總比夜裡的星光更閃耀。

「我才不要，我有高山症。」

剛從學校畢業那年，趙哲希邀我一起去爬南投附近的一座山頭，他再三向我保證那座山不會很難爬，是屬於入門級的小山，好說歹說，我才同意和他們去，哪知一上了山，愈往上走，我頭愈暈，愈不舒服，檢查才知道，原來我有輕度高山症。

那次之後，我就沒再和趙哲希他們去爬過山，偶爾趙哲希和朋友攻山頂時，看到美麗的景色，就會拍幾張照片回來和我分享。

「原來你還是那麼喜歡爬山。」

林至臻突如其來的出聲，倒小小地驚嚇了很專心聊著天的趙哲希和我。

我看著眼前這個和我印象裡不大一樣的人，有些出了神，林至臻變漂亮了。

以前她的五官就十分好看又立體，畢業後，我和她偶爾會出來吃頓飯，每次出來，她總是清秀佳人的妝扮，和在校時沒多大差異。

可是近來這一年，她換了新公司，工作量大增，我就沒再跟她碰面，就連電話也少打了，想不到她變得這麼會打扮，不僅妝容精緻，就連身上的連身洋裝都合身得恰到好處，完全襯托出她濃纖合度的好身材。

「怎麼啦？又神遊？」林至臻發現我一副呆樣，輕拍了我的手幾下，又微笑著把臉湊到我面前，輕聲說：「怎麼還是和以前一樣，老是坐著就會發呆呀！」

「林至臻妳……妳變了耶！變得好漂亮喔。」

「哪有？」林至臻有些羞赧，雙手捧著臉頰，笑笑地說：「都是化妝化出來的，哪有什麼變?妳要是也學會我這種化妝法，保證比我漂亮幾百倍。」

我還是一副傻傻的呆樣，倒是趙哲希神色自若，像個老朋友般招呼林至臻落座。

相較於趙哲希的一派自然，林至臻反而顯得有些緊張侷促，也許是因爲分手後就沒再見過趙哲希，對他還有那份憧憬在，我發現好幾次，趙哲希在和她說話時，她都不敢看他的眼睛。

我靜靜坐在一旁，一下子看看林至臻，一下子又瞧瞧趙哲希，突然覺得，或許當初趙哲希的決定是對的，林至臻確實並不是那麼適合他。

比如，趙哲希只喝不加奶精的咖啡，他不喜歡有冰塊的飲料、他不吃洋蔥和胡蘿蔔、他只肯喝加了檸檬片的白開水、他只吃五分熟的牛排，而且堅決不吃豬排、他不喜歡吃甜點，不管是蛋糕或布丁、茶凍……這些，林至臻好像都不知道。

當兩個人之中，有一個人選擇離開，或許，那並不是因爲愛情不在了，而是他在另一個人的身上，找不到另一半的自己。

或許對我而言，你眼中的真摯與溫柔，才是這世界上最美的景致。

分別時，趙哲希去停車場取車，林至臻和我在餐廳門口擁抱。

「你們兩個人看起來感情很好，我好羨慕。」

擁抱時，林至臻把頭靠在我耳邊小聲地說。

「喂，妳不要誤會喔。」聽見她這麼說，我連忙放開本來擁抱她的雙手，往後倒退了一小步，看著她的眼睛，認眞地說：「我和他就眞的只是朋友，一點點多餘的關係也沒有，眞的。」

林至臻笑著搖頭，「就算有多餘的關係也沒什麼啦，都幾年了，就算再怎麼不甘心，我也早接受了。」

「妳眞的放棄了？」

林至臻點點頭，微微上揚的嘴角噙著一絲無奈，「一直堅持有什麼意義？點石成金這四個字，在愛情裡是行不通的。我今天來，只是想跟過去做個完美的告別，雖然還是有點遺憾，不過我更希望看見他幸福微笑的樣子，知道他好，我多少也安心一點。」

「林至臻，我覺得妳好棒，我想我一輩子都沒辦法像妳這麼大器。」

「也許是因爲驟然失去，所以我和趙哲希跳過了愛情最後相互咆哮憎恨的難堪階段，只保留了兩個人在一起時美好的時光，因此我記憶裡的他，永遠是對我溫柔又體貼的他。」

「會不會等妳年老的時候，還是只記得這樣美好又年輕帥氣的趙哲希？」我勾著林至臻的手，把自己的頭靠在她肩上，就像學生時代那樣的親膩，輕聲地喃著，「要不要我時時刻刻幫妳留意趙哲希的變化？我可以把他以後有了大肚腩，或者哪天變成禿頭的照片寄給妳，讓妳記憶裡的他陪妳一起慢慢老去。」

「可是我不確定再過十年，我到底還會不會記得他耶。」

「咦？爲什麼？」

曾經深愛過的人，爲什麼會記不得？

「也許再過幾年，我會遇到我用心喜歡的人，也會變得很幸福，然後忘記之前愛過的人。雖然趙哲希是我的初戀，但那並不代表沒有人可以取代他在我心中的地位。人的記憶有限，我沒辦法一直讓自己活在回憶裡。」

原來，不管再怎麼深愛過一個人，一旦分開了，有另一個人走進心裡，那份愛就能被取代！

曾經深刻存在過的重要記憶，也會被遺忘。

一個人不愛另一個人，也只是時間早晚的問題。

回家的路上，趙哲希一路沉默，沉默讓我以爲他在後悔，後悔曾經放棄現在堪稱女大十八變的林至臻。

直到行經我們曾一起去吃過消夜的麵店門口，趙哲希突然問我想不想進去吃碗麵。

「你剛才沒吃飽？」

我有些訝異地看著他。

「那些分量怎麼能塡飽肚子？」

「嗯，對男生來說，好像是少了點。」

「所以？」

「那就走吧。」

趙哲希盯著我，遲疑片刻，終究還是開口，「可是妳……」

「我怎樣？」

「妳還吃得下嗎？剛才妳不是還幫我吃了甜點蛋糕和茶凍？」

「喂，你不要小看我，我也是很有食量的好嗎？」

趙哲希不禁笑出來，說：「我認識的女生裡，妳算是豪邁的，如果在古代，妳應該是個不拘小節的俠女。」

「廢話！」我睨了他一眼，「不然怎會被你認定是男人婆？」

「喂……那是我開玩笑的，妳不要那麼認眞好不好？」趙哲希笑起來，臉頰上有深深的兩個酒渦，看起來很稚氣，「這點又很女生了，愛記仇。」

「哼！隨便你說。」我不以爲意地皺皺鼻，反正平常被他損慣了，早就習以爲常啦。

很幸運的，我們在路邊找到一部車子剛開走的停車格。

走進麵店，不用特地對趙哲希叮囑我要吃什麼，他就熟門熟路地幫我點了一碗米粉湯，自己則叫了一碗陽春麵。

「老闆，米粉湯那碗請幫我加一顆魯蛋，謝謝。」

趙哲希點餐的同時，我已經挑好一張最靠角落的兩人座，還幫他拿了副筷子和湯匙，擺放在他的餐桌上。

因爲還不到消夜時間，店裡的客人並沒有很多，約莫只有五、六桌客人。這間店，總是要夜色愈深愈熱鬧。

趙哲希入座後，我盯住他的眼睛，一瞬也不瞬地看著，他被我看得奇怪了，忍不住笑出來，「妳幹麼？」

「看你是不是在後悔呀。」

「後悔什麼？」趙哲希一臉疑惑。

「後悔當初放棄林至臻啊，你看她現在變得這麼漂亮，是上得了廳堂，進得了廚房的優質老婆人選耶，啊！林至臻還很會煮東西呢，這一點，你們以前在一起時，多少應該知道吧？」

趙哲希微微一笑，點點頭，「嗯，我吃過她煮的牛肉丼飯，還有咖哩飯。」

「你看吧？這麼優的女生，你居然說不要就不要，好可惜呀。」

「可是，感情這種事，又不是對方條件很好，或自己長得不錯，就能和快樂幸福畫上等號的，很多事，是要講緣分的。」

「喂，你這句話，之前林至臻也說過。」

「嗯？眞的？什麼時候？」

「就你們剛分手那時候啊，林至臻說，在這個世界上，很多事，都要講求緣分的……你還說你們兩個人不適合！明明兩個人想法觀念都差不多，我看不出來哪裡不適合。」

趙哲希的唇際彎起一抹上彎的弧線，他敲敲我的頭，聲音輕輕的，「先煩惱妳自己的事吧，想想該怎麼讓程威宸跟妳和平相處、白頭到老，這才是妳的人生課題。老想當別人的和事佬，妳不累嗎？」

「我覺得好難。」

一想起程威宸，我整個人就很洩氣，平常可以理智分析別人的感情，能夠給予朋友很多建議，但同樣的問題套在自己身上，我就會瞬間像武功盡失般，完全沒有因應對策，眞讓人沮喪。

我無奈地用手支著頭，煩惱地說：「我也不知道爲什麼我們有那麼多架好吵，我同事說，這是分手的前兆。」

「幹麼這麼悲觀？」趙哲希從麵店冰箱拿出一瓶可樂，用冰涼的瓶身觸碰我的臉，冰得我低聲尖叫了一聲，他卻淘氣地笑著，「沒有什麼困境會永遠都在那裡的，只要鼓起勇氣奮力往前衝，衝過去也就好了，感情也一樣。」

我睜大眼，深深地望住他，良久才出聲，「這種話，我也可以輕而易舉地用來開導我那些爲情所困的朋友們，但是發生在自己身上，就是沒有辦法平心靜氣去處理，因爲只有自己才知道自己的感情問題在那裡。可是，就算知道我們的癥結點，還是沒辦法解決，即使知道已經走不下去，還是捨不得放手，畢竟在一起都這麼久了……」

「是因爲捨不得，還是因爲愛？」

趙哲希的話，讓我猛然一震。

是啊，是因爲捨不得讓這麼久的感情歸零，還是因爲我仍然愛著程威宸，所以不想和他分開？

「也許……是因爲愛吧！」我已經不是那麼確定了。

趙哲希依然是笑，依然一派的神色自若，依然是雲淡風輕的語氣，「如果是因爲愛，那就什麼都不要想，偶爾的低潮就當作是過程。愛情就像是場長途旅行，沿路會有美好風光，也會有狂風暴雨，但不管途中景致如何，美麗或蒼涼，都是過程，總是要走過、經歷過，才能明白其中的甘苦，體會走到良辰美景時的苦盡甘來。」

有那麼一瞬間，我覺得自己的眼睛濕濕的。

如果在愛情的領域裡，我是一個不敢勇往直前的逃兵，那麼也是你讓我變得有勇氣，是你的鼓勵讓我變勇敢，堅強地去面對一道又一道關卡，是你讓我明白，原來人生裡，不是只有愛情才能讓一個人變美麗，友情也一樣可以。

你讓我知道，原來有些東西，是只有朋友才能給的，是你讓我的生命變得豐饒富裕，不再貧瘠可憐，你讓我明白，擁有的美好。

而我多麼的慶幸，自己的生命裡曾經有你，讓我擁有不枉此生的幸福。

唉，我跟你說，最近我常在想，「愛情」這兩個字給人的感覺，到底是好多過於壞、幸福多過於悲傷，還是相反的呢？

你常常說，人哪，不要老是沉浸在過去的回憶裡，過去已經過去了，重要的是未來，還有可以及時把握的現在。

但是，當「愛情」給我的感覺只剩下心酸和寂寞，我很難不去回憶相愛的最初，那種怦然心跳的悸動，和點點滴滴信手拈來的幸福感受，我只能靠著那些甜美的回憶，來支撐我和他距離愈來愈遠的愛情信念。

愛情，有時候真的會讓人變得既卑微又悲哀。

可偏偏我們沒有辦法抗拒愛情開始時的來勢洶洶，總催眠般地告訴自己，要相信所謂的「天長地久」並不是神話，因為我的他，會讓我看見幸福。

哈哈！好傻好天真，對不對？

然而愛情的真實面貌，就像包裹著彩色糖衣的苦果，吃到後來，我們才會發現它其實苦澀難嚥。

但是，不管它再怎麼苦澀得讓我們淚流不止，一旦擦乾淚，我們仍會懷念它的彩色糖衣，仍然會覺得它擁有無敵的吸引力，對吧？

也許，人真的是全世界最健忘的生物，總是在痛過之後，輕易就忘記當初所受的傷害，並在下一段感情來臨之際，又飛蛾撲火般勇往直前了。

不過你說，這才是人生，不斷地重複著哭與笑的人生。

就是因為如此，我們的生命才會充滿各種色彩，才會更加精彩。

第二章　深藏的祕密

很久以前，我看過一本童書，是關於友誼的。書的內容是這樣的：從前，有一隻寂寞的兔子，因爲太寂寞，所以牠想要擁有朋友。於是牠背起行囊，開始一段尋找友誼的旅程，但是牠遇到的每一隻動物，都拒絕當牠的朋友。

兔子只能不斷地往前走，當牠走得又餓又疲累時，牠遇見了彩虹，彩虹請牠停下來休息一下，兔子在彩虹身旁休息了一段時間，在那段短暫的時光裡，牠和彩虹成了好朋友，然後牠知道了，原來友情是繽紛多彩的。

小兔子道別了彩虹，又繼續往前走，這次牠遇見太陽，太陽請牠到它身旁歇歇腳，於是小兔子又和太陽成了好朋友，臨別時，牠體會到友情的溫暖與光明。

小兔子和太陽分開後，又繼續牠的旅程，然後牠遇見了月亮，月亮請牠在月彎上睡一覺，已經走得很累的兔子，很快地就在月亮的月彎上睡著了。

月亮只是安靜陪著牠，他們要分離時，也已經成爲好朋友了。因此，兔子明白了，原來友情是充滿光輝與安靜陪伴的。

「所以呢？」

聽完我轉述的故事，趙哲希側過頭看我。

「所以，友誼就像這個故事講的一樣，是繽紛多彩、溫暖光明，而且充滿光輝與溫柔相伴的。」

「這是妳的感覺？」

「是啊。」我點頭，「難道你不覺得是這樣？」

趙哲希聳聳肩，不置可否地說：「也許眞的就像妳說的那樣，但我總覺得，或許還有更多。」

「比如？」

「比如包容、體諒、不記仇，還有願打願挨，適時安靜不多言，偶爾還得充當救難大隊和垃圾桶。」

「救難大隊？」我疑惑了，「爲什麼？」

「就像妳。妳和程威宸吵架時，我就得隨時待命，妳可能會突然跟我說妳心情不好，需要出去走走，或要人陪著喝酒澆愁。又或者你們鬧情緒了，妳被丟在路邊，一通電話來，我就得放下手上的工作和應酬，不管三七二十一地衝去把妳撿回來。妳說，這不是救難大隊是什麼？」

聽見趙哲希似是認真，又彷若隨口提起般並不十分在意的言語，我沒有生氣或不開心，只是覺得心頭好像被什麼緊緊掐住幾秒鐘又放開，然後胸口滑過一道暖流，並不灼熱的溫度，卻足以逼出我眼底的熱淚。

「所以，你才會是我最好最好的好朋友。」

趙哲希淺淺微笑的模樣，非常好看。

趙哲希扯著唇邊淺淺上揚的弧線，臉頰上的酒渦並不像開心大笑時那麼深，看有一種迷人的男人味。

原來我認識趙哲希這麼久了！從青澀的國中時期，到出社會工作。漫長的歲月裡，我們兩個人相互扶持，互吐心事，當彼此心靈最重要的支柱，很多我沒辦法對程威宸說的話，只有在趙哲希面前我才可以暢所欲言，不用避諱也不用刻意修飾言辭，許多話不用說到滿，彼此就能懂。

「如果沒有你，我真的不知道該怎麼辦。」

趙哲希呆愣地瞅著我，幾秒鐘後，他才慢慢地吐出一句，「傻瓜。」

程威宸在我們和林至臻聚餐後隔天晚上才打電話給我。

當他的名字閃爍在我的手機螢幕上，老實說，我還是有一點小小的虛榮和開心，對於這段感情，至少他不是完全不在乎。

不過，接起電話時，我還是小心翼翼不讓愉悅的情緒輕易顯露出來。

我就是死愛面子啊，沒辦法。

「幹麼？」這是我接起電話的第一句話。

「還在生氣嗎？」程威宸不生氣時，聲音很溫柔。

「我幹麼要生氣？」

就算接到他打來的電話暗自竊喜，我仍然刻意裝出冷淡的語氣，想再次提醒他惹女生生氣的下場。

「別這樣嘛，對不起啦，是我不對，我那天語氣不應該那麼凶，還自作主張沒經過妳的同意就幫妳決定，妳就大人不計小人過，別生氣了嘛……要不，我請妳吃飯，假日再陪妳出去走走，地點隨妳挑，好不好？」

撒嬌兼討好，一向是程威宸的拿手絕活。

以往和他吵架，他只要祭出這一招，我就完全沒有招架之力。

非常有氣勢地裝冷淡之後，又非常沒有個性地和程威宸妥協，然後敲好這個週末要去東北角遊玩的行程。

「我眞沒用！」在電話裡，我無奈地對趙哲希抱怨。「我覺得自己可能被下蠱了，明明很氣他，但他只要來一通電話，好言幾句，我就完全舉白旗投降。」

「才不是被下蠱。」

電話那頭，趙哲希正在吃消夜看電視，我聽見電視裡傳來幾個女生的尖叫，和一堆人的笑聲，十分有綜藝節目效果。

「不然是爲什麼？」

「因爲……愛。」

趙哲希還故意把最後那個「愛」字唸得輕輕的，尾音還刻意拖長，故意搞笑。

明知他在耍笨，但我在撐住幾秒鐘後，還是被他逗笑了。

「白痴。」我說。

「所以你們決定去宜蘭玩？住的地方訂好了嗎？」

「還沒，決定得很突然，所以還沒上網看房間，明天上班時再找吧。」

「我有個朋友在羅東開了間民宿，網路上評價還不錯，要不然我幫妳問問他這個週末還有沒有空房，好嗎？」

「當然好。」有人自願幫忙訂房，哪有說不好的道理？

「那等等回電話給妳？還是妳今天要早點睡，我就明天到公司再跟妳通電話。」

「我等你電話吧，今天不是很累，不過別讓我等太久，你知道我沒什麼耐心的。」

「是的，老大！」

趙哲希在幾分鐘後回電話過來。

「本來是沒空房了，不過他一聽是妳，馬上很有義氣地說要把他們預留下來的保留房給你們。」

「我？爲什麼？」我詫異道，「你朋友應該和我不熟吧！」

「但他和我熟啊。」

「他和你熟，跟他和我熟不熟並沒有關係吧！還是你常常對他說我壞話，所以他也間接認識我了？」

「笑屁！快說。」

趙哲希只是呵呵地笑，想裝死地蒙混過去。

「也沒說什麼，只是有幾次他打電話給我，我都剛好和妳在外頭，他好奇問了幾次，也就知道妳了。」

「就這麼簡單？」

「就這麼簡單。」

我才不相信就這麼簡單呢，說不定有什麼我不知道的內情。

「你沒跟他說我壞話吧？」

「妳這麼愛面子，我哪敢說妳怎樣！除非我想和妳絕交，否則才不會笨到去跟其他朋友說妳的壞話。」

「算你識相。」

「好說好說。」

後來我知道，當我們捨不得放棄一段感情，有時並不是因為愛，是因為不甘心。

「既然開民宿的是你朋友，那你要不要乾脆和我們一起去玩，說不定他會看在你的面子上，再給我們一些折扣。就算沒折扣，你就當順道去見見老朋友也不錯。」抱著電話，我隨口提議。

「你們去就好了啦，況且他那裡真的只剩一間房，我去了睡哪？折扣的部分我會幫你們拗，這個不用我親自到場就會有，你們去就好好玩，不用擔心我。而且我這個週末也和朋友約好了，要去墾丁浮潛。」

「浮潛？你什麼時候又多了這個嗜好？」

我忍不住小小驚呼，這個人的興趣倒是廣，包山包海的，好像對什麼活動都興致勃勃，和我這種對什麼運動都很難心動的人比起來，他的生活精彩多了。

「玩好幾次了，已經慢慢上癮，這次朋友約，想想沒事就再去玩玩。」

「海底世界漂亮嗎？」

我一直沒有勇氣潛水，之前也常聽別人說起水底風光的美麗，但不知道爲什麼，看見那一片海，浪濤晃晃蕩蕩的，我就是會怕。

「當然漂亮，不過台灣附近的海域生態被破壞掉了，聽說之前更美。我和那群潛水的朋友約好，要找個時間要去關島浮潛。」

「改天帶我一起去。」

「妳不是怕水？」

「總是要克服的對吧？而且……你會保護我！」

我知道，他真的會。

趙哲希在電話那頭輕聲笑著，對我說等他考上潛水執照，他頭一個一定帶我去潛水。

有些話，即使說得平淡無奇，但鑽進耳裡，仍能在心頭釀成蜜一般的甜。趙哲希就是有這種能力，他不是會說好聽話的人，但很多平凡的話，從他嘴裡說出來，也許別人聽起來沒什麼，偏偏就是能感動我。

也許，我追求的就是這樣踏實的感情，只可惜，趙哲希從來就不是我的誰。

星期六一早，程威宸準時出現在我家門口，幫我把行李搬上車後，我正準備上車，我媽還從屋裡追出來，拿了一大袋水果遞給我們。

「帶在車上吃，梨子和蘋果我都削好了，還有威宸喜歡吃的芭樂，我也去籽切好放在保鮮盒了。還有那個香蕉啊、荔枝啊……那個李育蓁啊，妳不要只顧自己吃，威宸開車比較辛苦，妳記得要拿水果給人家吃喔。」

「李媽媽……」我忍不住叫著，並且死都不肯伸手去接她手上那一大袋看起來重得要死的水果，「妳可不可以不要這麼愛瞎操心？我們是去宜蘭又不是去非洲，還擔心在那裡買不到水果嗎？這麼一大袋，都可以當我們今天一整天的午餐和晚餐了啦。」

我失笑地看著我媽，眞敗給她了。

程威宸看我媽手上那袋水果，怕她拿久了手會痠，連忙自動過去提。

「喂，妳這個小孩怎麼這麼沒規沒矩啦！人家開車載妳很辛苦耶，買些水果請人家吃是會怎樣？幫妳做面子還要被妳嫌，眞的是……」

「李媽媽，沒關係啦，我很愛吃水果啊，李育蓁也是，她只是嘴巴唸唸，其實心裡很開心，謝謝李媽媽，有妳買的水果，我開車如果口渴或肚子餓，就不用半路停下來找東西吃了。」

程威宸就是那一張嘴夠甜，我媽才會對他讚不絕口。

一上車，程威宸便臭著臉唸了我幾句，說我不應該對媽媽沒大沒小，老人家買東西給我們吃，是她表現愛的一種方式，我這樣實在很沒禮貌又不貼心。

「程先生！」被他那樣碎唸，我也忍不住火大起來，「我媽沒幽默感也就算了，怎麼連你的幽默感也不見啦？我平常就是跟我媽這麼沒大沒小，她以往也不會太在意，誰知道她今天會認眞起來？在我家，我們就是這樣和父母長輩相處的，大家像朋友一樣，很多事，我們就是這麼不拘小節，你要是看不下去，你可以不要看，但我不能接受你這樣的批判，講得我好像非常沒家教一樣……」

「李育蓁，我只是在提醒妳該注意長幼尊卑，適時遵循倫理規範，妳幹麼反應這麼大？」

我撇過臉看窗外，不想再與他爭辯。好好的一個旅遊，我不想一開始就把場面弄得太火爆。

程威宸他家的教育方式和我家完全不同。

他父親是軍官退休，所以他家比較軍式化教育，光是吃飯這一點，就讓我十分難接受。在他家吃飯，坐椅子雖然不用只坐椅面的三分之一，不過吃飯時，腰桿要挺直，要認真咀嚼不能說話，更甭提看電視了！

往往一頓飯吃下來，我都快去了半條命。

他家也十分重視長幼倫理，不管什麼事，都要禮讓長輩先行動或下了指示，我們這些做晚輩的才能跟進。

我不是說這樣不好，只是有時候真的太累人。

有一次，吃過晚餐要吃水果，那天的水果正好是我最喜歡吃的西瓜，我從吃飯時就一直期待晚餐後的吃水果時間。但是，依程威宸他家的家規，水果一定要家裡的長輩先開動了，我們這些晚輩才能跟著開動。

可是那次，我光等程威宸他老爸動手去拿水果來吃，就等了半個多小時，等得我都快翻臉走人了。

而我家和程威宸他家，就像兩個世界。

在我家，我們可以和父母親勾肩搭背聊天、開玩笑，可以像朋友一樣和他們談自己的煩惱或委屈，可以隨意坐在沙發上看電視吃東西，就算和我爸媽沒大沒小地說話，他們也不會罵我們沒規矩。

所以我不知道，萬一以後眞的嫁給程威宸，我會不會瘋掉。

「我覺得妳這個人最大的缺點，就是沒有辦法承認自己的缺點！」

停頓了片刻，程威宸又發言。結果他這句話，把我的火氣又整個挑起來。

「我沒有不承認，只是我覺得我們兩個人沒必要花時間討論這些事，再討論下去只會吵起來而已，我根本不可能在短時間改變自己的個性習慣，就像你也沒辦法放下畢恭畢敬的態度，用朋友一樣的方式和我爸媽講話。既然沒辦法瞬間改變，爲什麼要在這個時間點討論？爲什麼要讓我們的假期一開始就充滿情緒暴走的場面呢？我不喜歡這樣。」

「可是妳如果認同我說的話，那妳就要趁早改變，不然妳以後要怎麼辦？妳也知道我家很重視長幼倫理和規矩，像妳這樣隨心所欲的性格，嫁來我家勢必有一段適應期，我是爲妳好才提醒妳，我不想看到妳以後天天哭喪著一張臉，辛苦過日子的樣子。」

程威宸一臉憤懣，彷彿恨鐵不成鋼。我偏偏不吃他這一套。我有我自己的生活，我是我，不必要爲了迎合誰而活，我也不是非要依附著他才能活。

「誰說我一定要嫁給你？」我吼回去，「我又爲什麼要爲了你們家來委屈我自己？我自己一個人也可以好好的，不是非得和你結婚才能讓我的人生延續下去！」

我的話激怒了程威宸，我看見他的臉瞬間漲紅，眼神也充滿怒氣。

「李育蓁，妳最好搞清楚妳在說什麼！」他的語氣很冷，是我從沒聽過的尖銳。

「停車！」我不甘示弱，也冷著聲音說：「我要下車！」

程威宸一開始並不理我，直到我說了第二次，他驀然剎車，發出長長的剎車聲。

我怒氣沖沖地下車，然後開了後車門，拉出我的行李箱，還有我媽塞給我的那袋水果。

開玩笑！水果是我媽買的，是我李育蓁的李媽媽買的，憑什麼給那個姓程的傢伙吃？哼！想都別想。

就在我用力甩上程威宸的後車門，他毫不戀棧地踩下油門，揚長而去。

常常，我們會為了愛一個人而委屈自己，總要等到失去一切，才發現自己的笨。

我就這樣被丟在陽光灼烈的大街上，拖著一箱行李和一大包水果，像個笨蛋似地站在路邊。來往的車輛雖然不多，倒也有幾部計程車經過，只是，就算我再怎麼加強自己的心理建設，還是沒有獨自搭乘計程車的勇氣，都怪之前聽過太多恐怖計程車的社會案件，心裡總是對計程車有一種無可消弭的抗拒。

程威宸倒是很有個性地一去不回，就像之前幾次的爭吵，他都能十分狠心地把我丟在路旁，不管我的死活。

「喂！趙哲希，你人在哪裡？」

「往墾丁的路上，怎麼了？」

趙哲希那邊聽起來很吵，滿滿的笑聲和交談聲，讓人很輕易就能感受到那種歡愉的氣氛。

「喔，那……沒事，你好好玩吧。」

說完，我按下通話結束鍵。

頃刻間，我覺得自己好差勁，趙哲希始終都有他自己的生活，我卻總是期待他來拯救我。我快樂的時候，好像很少找他分享，只有在自己悲傷難過時，才會不顧一切找他訴苦……我居然是一個這麼自私的人。

恣意破壞別人的快樂與寧靜，卻從來不覺得自己有所虧欠，老是把自己看得太重要，忽略掉或許我在其他人眼中，只是細碎的一小角，在別人的世界裡，興不起風、作不起浪，宛如一小塊石頭，只會不斷激起陣陣漣漪，擾亂別人原有的平靜。

程威宸說過，我是一個自我中心的人，總是聽不進別人的勸，老是覺得自己的決定永遠最好，然後又會在後悔與逞強中周而復始。

趙哲希在我掛掉電話後，馬上又打過來。

「妳怎麼了？」趙哲希的聲音透出某種程度的擔憂。

「沒事。」我說。

這是第一次，我希望自己能堅強起來，不要麻煩趙哲希來解救我。雖然此時此刻，我仍然期望他能馬上出現在我面前，安靜地聽我大肆批評程威宸的自以爲是，或是陪我痛痛快快喝兩杯。

「妳在哪裡？」他又問：「妳今天不是要和程威宸去宜蘭嗎？可是妳現在的聲音聽起來不像在車子裡，到底怎麼啦？他放妳鴿子嗎？還是……你們兩個人吵架了，妳又被丟在路邊？」

趙哲希眞的很懂我！

我突然很難過，爲什麼最懂我的人，卻不是愛我的人？爲什麼最親密的那個人，卻不是最貼近我的心的人呢？

是不是這就是人生？因爲沒辦法完整圓滿，必須擁有遺憾和後悔，所以才讓人充滿期待，期待它完美的可能，期待有一天，我們都會變得比現在更好。

「是有一些小爭吵，不過不礙事。」我不想欺瞞趙哲希，誠實的同時，我也希望他可以不要太擔心，「你好好去玩，記得回來時跟我講講海底風光，下次帶我去。」

「妳又被丟在路邊了嗎？」趙哲希完全不理會我在說什麼，逕自開口問他想問的問題，然後安靜地等待我的答案。

那種急迫的語調，語氣裡飽含擔憂的溫柔，再再都令我有掉淚的衝動。

「妳到底在哪裡？」他又說：「告訴我妳的位置，我過去帶妳。」

「我……我也不知道我在哪裡！」

我沒有說謊，因爲這裡已經離我住的城鎮有一段路，是我很陌生的地方，所以只能大略向趙哲希描述四周圍的景物，還有哪些看板招牌。

「好難懂。」聽完我一大串的描述，趙哲希有些爲難地說：「好吧！妳先站著不要動，我試著找看看。」

「等、等一下啦！你不要過來啦，你還是去墾丁玩吧，而且你車上不是還有其他人嗎？你要是過來了，他們怎麼辦？」

「其他三台車還有空位可以載他們，這個妳不用擔心，妳先找個有樹蔭的地方等我一下，我過去找妳。」

「喂喂喂，趙哲希，你、你眞的不用擔心我啦，我……我自己會想辦法回家。」怕他不相信我，我又補了一句，「眞的。」

趙哲希沉默片刻，然後緩緩道了句，「笨蛋！」

「啊？」我以爲我聽錯了，他幹麼罵我笨蛋？

「妳這個笨蛋！」他又說了一次，這回我倒是聽清楚了。「妳這樣我要怎麼放心去玩？妳先乖乖待著別動，我想我大概知道妳在什麼地方了。別亂跑，手機還有電嗎？」

「有。」

「那手機保持通暢，我隨時跟妳聯絡喔。」

於是，我乖乖站在路旁，等趙哲希來認領我。等待的時間裡，有幾次，我居然還期待程威宸會突然良心發現回來找我。

不過，依我對他的了解，他並不會。

他的自尊心和我一樣強，和我一樣愛面子，除非他氣消，覺得這樣的僵持沒有任何意義，不然他不可能向我低頭的。

大約一個鐘頭後，趙哲希才終於出現。

看見他從車上下來的那一瞬間，我的眼眶突然熱了。

「怎麼老是有那麼多架可以吵？好好的一個假期也弄成這樣，我真的被你們兩個打敗了。」趙哲希一下車就摸摸我的頭，擔憂地說。見我不發一語，又低下頭來看看我。

「怎麼啦？被大太陽曬昏啦？」

我突然拉住他胸口的衣服，低下頭，眼淚開始不聽話地掉。

「我……我為什麼會這麼糟糕？為什麼老是要等你來拯救我？你這樣要怎麼辦？萬一你交不到女朋友要怎麼辦？萬一你交到女朋友了，那我要怎麼辦……」

我抽抽噎噎地語無倫次。

趙哲希怔忡了幾秒鐘，然後笑了。

「傻瓜！」他打開副駕駛座的車門讓我坐進去，再幫我把行李放進後車廂，然後又繞到駕駛座，坐進來後，抽了一張面紙遞給我，聲音又輕又柔地說：「我交不交得到女朋友，和我跟妳是朋友的這層關係並不抵觸。萬一以後我交了女朋友，也和我跟妳是朋友這件事不抵觸啊，妳幹麼這麼擔心？」

「可是如果以後你女朋友不喜歡我、排斥我，那要怎麼辦？我可不要背負那種死賴著別人男朋友的罪名啊。」

我說完，馬上很沒氣質地用力擤鼻涕。

「要是我女朋友不喜歡妳，要我和妳保持距離，我馬上就跟她分手。不能懂我的女朋友，我幹麼要花時間和她交往？」趙哲希很有義氣地說。

趙哲希的話，又使我感動得想哭了。

「趙哲希……你真的是我最好、最好的朋友……」

「那不是廢話嗎?要不然我們這些年的革命情感是混假的嗎?」趙哲希見我的眼淚稀里嘩啦地掉,連忙又抽一張面紙給我,「所以,萬一以後妳和程威宸分手,妳又交了新男朋友,妳的新男朋友不喜歡我,要妳和我保持距離,妳會嗎?」

我拿著趙哲希遞給我的面紙,再次沒氣質地擤鼻涕,然後來衛生紙中含糊地回答他,「我會。」

「啊?什麼?」趙哲希瞬間睜大眼,盯住我。

我把衛生紙拿下來,瞄了他一眼,說:「我說,我會和你保持距離。」

「喔……」趙哲希突然摀住胸口,露出表情痛苦的誇張表情,「李育蓁,我受傷了!妳這個沒良心的女人!」

「我本來就不是很有良心啊,你又不是不知道。」我用帶著輕微鼻音的聲音回答他,「我可是會爲了我愛的人拋棄一切耶,十分標準的重色輕友喔。」

「我看我們就此分道揚鑣好了。」

最後,趙哲希搞笑地說,然後把他的左手食指和右手食指碰在一起,舉到我面前,要我切八斷,嘴上還碎唸著,「切啦、切啦,切掉一切的孽緣好了。」

「幼稚。」我斜睨了他一眼,還是忍不住被他逗笑了。

在愛情裡，我們都是驕傲的巨人，學不會卑微，於是幸福便在不斷的爭執中凋零。

後來，我們決定繼續程威宸和我未完的行程——到宜蘭去。

一路上，我不停剝荔枝給趙哲希吃。

趙哲希超級愛吃荔枝的，我曾經開玩笑說也許他上輩子是楊貴妃，不然怎麼會這麼愛吃荔枝，只要荔枝的季節一到，他家冰箱必然有吃不完的荔枝，全都是他去市場買回來的。

「我媽買的啊，說要讓我們在車上吃，我不過就只是跟她沒大沒小開了幾句玩笑，哪知我媽居然認真起來。後來在車上，程威宸也唸了我幾句，就說我不顧倫理又沒規矩之類的，我聽了當然火，就和他一言不合地吵起來了……」

我一邊剝荔枝，一邊輕描淡寫地向趙哲希報告我們的吵架經過。

很奇怪，明明在吵架當下十分生氣，一旦過了那個憤怒的時刻，事後再拿出來講，非但不再生氣，反而不懂這種芝麻綠豆般的小事，我幹麼無聊到大發脾氣，好幼稚。

「但我覺得那好像沒什麼好吵的耶，不過就是每個人的表達方式不一樣罷了，就像妳比較喜歡用輕鬆、開玩笑的模式和妳媽溝通，而程威宸比較一板一眼，說穿了，只是習慣不一樣。我倒是可以明白那是妳在向妳媽撒嬌啊。」

「趙哲希！」我一激動，便用力朝他的右臂拍了下去，一時忘記他在開車。他痛得眉頭緊蹙，但我不管，嚷著，「對嘛，我就是在跟我媽撒嬌啊，程威宸不懂，還一直唸我沒禮貌、沒規矩，氣死我了，分明就不是他講的那樣，我再怎麼沒大沒小，也不會沒分寸啊，又不是沒家教的小孩，是吧？」

「是是是。」趙哲希依然一副很痛的樣子，「不過下次是不是可以請妳『有家教』一點，不要動手動腳好嗎？我在開車耶。」

「唉呀，人家一時忘了嘛。」我吐著舌頭，假裝好心地說：「要不要我幫你揉一揉呢？」

「免了！妳坐旁邊一點，別來吵我引我分心。」

「好吧。」我嘆口氣，把原本綁著馬尾的頭髮放下來，讓身體更貼合在椅背上，「為了不吵你，我決定先睡一覺，你開車無聊就自己剝荔枝吃。到了宜蘭叫我。」

「喂！李育蓁。」趙哲希失笑地看我一眼，「這是妳對待恩人應該有的方式？」

「是你叫我不要吵你的。」我側過頭去，閉上眼，有些疲累地說：「讓我睡一下吧，昨天晚上我沒睡好，今天早上又早起，剛才哭過後，眼睛好痛喔。」

「好啦，那妳睡吧。」趙哲希說完，不知道從哪裡變出一條冷氣毯，丟給我，說道，「車上有冷氣，蓋著睡比較不會著涼。」

我睜開眼，轉過頭先看看他，又看看他丟在我身上的那條冷氣毯，開口說：「喂，這條……」

「放心。」我話一出口，趙哲希馬上截斷我的話，笑著，「知道妳有潔癖，所以不敢拿別人用過的給妳。這條毛毯是新的，不過我先下水洗過了。」

「還是你了解我。」

我朝他淘氣地皺了皺鼻子，然後攤開毛毯，放低椅背，闔上眼，便沉沉睡去了。

再醒來時，我們已經過了桃園。趙哲希發現我醒了，便淺淺微笑，溫柔問道，「睡飽了？要不要找個休息站洗把臉，或上一下洗手間？」

我揉揉眼睛，拉正椅背，沒馬上回答他的問題，逕自問他，「你累不累？要不要換我開車？」

「累倒是不會，不過肚子還眞有點餓了。」

「咦？對耶，都快十二點了，我們去休息站吃點東西吧。」

於是我們找了個休息站，買兩盒炒米粉和兩碗貢丸湯，坐在車上吃起來。

「我記得妳以前最愛吃炒米粉。」

「現在還是啊。」

我夾了一口米粉放進嘴裡，老實說，休息站的炒米粉沒有我們家附近市場賣的美味，不過肚子一餓，什麼東西吃起來都特別香。

「我還記得有一次晚上我肚子餓，想吃炒米粉，程威宸加班不能陪我找，那天下雨，也沒夜市可以去，你還陪我四處去找看哪裡有賣炒米粉，找了好久才終於找到一家賣肉圓兼賣炒米粉的店，你還記得嗎？」

那是多久以前的事了？我已經記不得時間點，但那段經過彷彿昨日，歷歷在目。

「當然記得，我還記得妳吃了幾口，說那間店的炒米粉是宇宙世界霹靂無敵難吃……不過妳也眞奇怪，又不是孕婦，怎麼會突然就想吃什麼東西，而且還很堅持無論如何一定要找到那樣東西才肯罷休呢？」

「哪有爲什麼？就是想吃啊，難道你不會在某個時刻，突然很想吃某種東西嗎？」

「就算有，也沒妳這種拚命三郎的個性啊。」

我聳聳肩，夾了一口米粉放進嘴裡，然後咬住筷子，含糊地說：「那就是你還沒到『極度』的程度，當你眞的很想要某個東西時，一定會奮不顧身把它找出來。」

「所以，炒米粉是會讓妳奮不顧身的東西？」

「某些時候是，但大部分時候，幸福才是眞的會讓我奮不顧身的重要元素。」

趙哲希停止吃米粉的動作，定睛看了我一會兒。當我感覺到四周的異樣氛圍，回望他時，他又若無其事地低頭繼續吃他的炒米粉。

「怎麼了？」我問。

「沒事。」

他沒看我，卻一面吃他的午餐，一面認眞地切換CD，問我有沒有特別想聽的歌。

雖然察覺出他不想告訴我方才他那道若有所思的注視是爲什麼，不過我明白他的個性，只要遇到他不想繼續的話題，他就會刻意裝忙，藉機逃避。

所以，我也索性不問，我覺得這是身爲一個朋友該有的體貼。

繼續上路時，我堅持要開車。

當然趙哲希一開始是反對的，他說，長途旅行比較累，男生的體力比女生好，開車這種事理所當然是男生要服務女生的。

他要我像公主一樣，只要坐在副駕駛聽音樂、吃水果，或者陪他聊天就好，他一定會安安全全、妥妥當當把車開到目的地。

「可是我不是公主！」我堅持起來，「英雄救美這種事，只在童話故事和武俠小說才會出現，現在的社會，女生一定要和男生一樣強，才不會被別人看扁。」

「但我可是常常以英雄之姿現身，解救妳這位落難公主呢。」

「那、那不一樣啊。」我強詞奪理地反駁，「你解救我也只是偶發事件嘛……啊！不管啦，反正我說要開車就是要開車，你幹麼意見這麼多？」

我話一出口，趙哲希就嘆氣了。

「妳就是這點不可愛！」他說：「女生偶爾示弱一點，楚楚可憐一點，才能激起男生的保護慾，妳什麼都要比別人強，難道不累嗎？當個女強人，難道妳會比較快樂？」

「也不是。」我搖頭，由衷地說：「只是我覺得男女應該平等，女生不能老是用弱者的姿態來佔男生便宜。」

「男女是不可能平等的，光是體力這一點，女生就比不過男生。而且，這個世界上，男生還是喜歡柔弱一點的女生，至少保護起來會有成就感一點。」

「我才不是爲了成全你們男生的成就感，才存在在這個世界上呢。」

「妳大概是我遇見的女生裡，最任性又不可愛的一個。」

最後，我還是贏得勝利，坐上駕駛座。而趙哲希則被我趕到副駕駛座當乖乖吃水果的王子。

「別一臉悲情，偶爾當個悠閒的王子，無損你的優雅，你就當成是我平常開車去找你吃消夜，再開車送你回家啊。」

「妳這樣啊，個性這麼好強，眞不知道程威宸怎麼受得了。」

趙哲希一面說，一面從我媽分裝好的保鮮盒裡找出我愛吃的鳳梨，用叉子叉了一塊送進我嘴裡。

「所以我和他才會常吵架啊。」我嘻嘻笑，一點也不以爲意，「如果你是我男朋友，說不定你也會受不了我。我媽常說我的個性比男生還好強，固執又聽不進別人的建議，她說我這種性格再不改一改，總有一天一定會吃虧。」

「那妳還不聽妳媽媽的話！」

「就說了，我的個性是固執又聽不進別人的建議嘛……」

「好啦！反正啊，在這個世界上一物總是剋一物，說不定，哪天妳的剋星出現了，妳就會被收服得服服貼貼，像孫悟空遇到如來佛一樣。」

有時候我會覺得，其實這樣也不錯，只要生命裡一直有你在，我就不會寂寞了。

❀

雪山隧道是我這輩子走過最使我膽戰心驚的一個隧道。沿路上，我緊緊抓住方向盤，還不准趙哲希和我講話。

一直到出了雪隧，我不斷怦怦作響的心跳才慢慢平緩下來。

「妳還好吧？」趙哲希憂心忡忡地看著我。

「沒事沒事，出隧道我就好一點了。」

我搖搖手，要他別擔心，只是因爲剛才的過度緊張，聲音顯得有一些虛弱。

「明天回程讓我來開吧，妳這樣我眞的很不放心。」

「嗯。」這次我不再堅持，其實也很擔心自己會不會開車開到一半就暈過去，自己怎麼了倒是無所謂，但若要害到無辜的路人，我可就一生愧疚了。

後來，趙哲希一直擔憂我的狀況，便要我在路邊停車換他開。

「我知道我朋友開的民宿在哪裡，我來開比較好找路，妳開了一段路，也差不多累了，就先休息一下吧。」

如此委婉的說辭，其實是趙哲希對我的體貼，於是我這次乖乖聽話。

抵達趙哲希口中那間他朋友開的民宿時，我整個被民宿外藍白希臘風情的建築物吸引，戶外有片如茵綠地，屋簷下還有座藤蔓纏繞的兩人座木製鞦韆，我一看見，就興沖沖想過去盪鞦韆。

「也太可愛了吧！你朋友居然把民宿弄得這麼漂亮。」

我睜大眼左觀右看，這個地方實在出乎我意料，難怪在網路上評價不錯。

「聽說房間更美，是有主題的喔，我問過，他說他把最美那間海洋風的房間留給你們，還說那間房間的床是一個大貝殼造型的底座托起來的，整間水藍色的房間，搭配牆上繪畫的沙灘和貝殼，還有天花板上的朵朵白雲，住過的人都讚不絕口……我不知道我朋友是不是誇張了些，不過以我對他的認識，他說的話倒是總有七、八分眞。」

「哇……」

趙哲希一面說，我一面想像，光聽他描述，就迫不及待想參觀一下我今晚落腳的房間。

才從後車箱拖出行李，正等著趙哲希也把他的行李拿出來時，有個聲音遠遠響起。

「哇咧，趙哲希，不是說是你朋友和她男朋友要來嗎？難道你就是那位男朋友？」

一回頭，看見一個年紀和我們差不多的男生，正揚著笑，從屋簷下走過來。

「別亂說！」趙哲希先是看看我，又回過頭去對著那個男生說：「計畫臨時改變，所以我就陪她來了。」

這時，這位民宿主人已經來到我們身旁，他和趙哲希很熟稔地先彼此互捶臂膀一下，寒暄幾句，接著他面向我，伸出手對我說：「歡迎妳來，我是哲希的朋友，妳叫我阿洛就好。」

我大方地伸手回握他的手，禮貌回應，「你好，謝謝你留了間特別房給我們，我是李育蓁。」

「我知道，哲希常提到妳。」

我回頭瞪了趙哲希一眼，他接收到我向他掃射過去的眼神時，馬上露出無辜的表情，聳聳肩又搖了幾下頭，還扯開笑容裝可愛，表示他真的沒有亂說什麼。

阿洛先帶我們去房間放行李，幫我們開了房間門，又把房間鑰匙交給我，說：「等等到一樓餐廳來，我泡花茶請你們喝。」

說完，他正準備要離開，趙哲希連忙拉住他。

「喂，那我晚上睡哪裡？」

阿洛聽趙哲希這麼說，隨即露出狐疑的表情說：「不就是這裡嗎？你看床那麼大，裝下你們兩個人綽綽有餘啦。」

「說那什麼傻話！」趙哲希毫不留情地朝阿洛的肩窩揍下去，一旁的我都能感受那股力道，趙哲希才不理阿洛唉唉叫，他說：「快啦，再弄一間房間給我，不然我晚上睡你房間也行。」

「我才不要！」阿洛想都沒想就直接拒絕，「這位大哥，你不要開玩笑了好不好？騰出這間招牌房已經費了我很大功夫，威脅兼利誘才說服我表弟和他女朋友這星期先不要來住，把這間房間讓出來，你以爲我的民宿是連鎖店，隨時都有空房可以喬出來恭候你們這些狐群狗黨突然大駕光臨啊？」

「那我不管啦，今天晚上我要去你房間睡。」

趙哲希耍無賴的模樣，老實說，很淘氣也很可愛。

「有沒有這麼土匪啊？」阿洛哀號。

「就是有。」趙哲希勾住阿洛的脖子，笑得天眞無邪，「咱們好久沒有好好聊聊啦，晚上我陪你睡，你有什麼心事就盡管往我身上丟吧，看吧！有哥兒們多好，可以排遣你的寂寞，還能傾聽你的傷心委屈，認識我，你不是白搭的啦，嘿嘿。」

「嘿嘿……」阿洛先是學趙哲希嘿嘿笑，下一秒馬上收起笑容，故作嚴肅地說：「嘿嘿你的大頭啦，老子哪有什麼寂寞和委屈啊，孤家寡人過得好好的，沒女人來吵來鬧多快活愜意，哪像你沒事找事做，好好的什麼不學，居然去學人家學生搞什麼守護天使那一套……唉唷！你踩我幹麼？」

我睜大眼，瞧瞧趙哲希，又看看阿洛。

守護天使！那是什麼？是線上遊戲嗎？趙哲希這小子！每天工作那麼忙，常嚷著睡眠不足，居然還有時間玩線上遊戲，眞是太小看他了！

「走啦！話很多耶你，不是說要泡花茶給我們喝嗎？講那堆話你不口渴，我聽了都口乾啦，快走快走……」趙哲希推著阿洛往門外走，又掉頭過來對我嘻嘻笑，「妳梳洗一下就下來喔。」

一直到他們走到門外，我還能聽見兩個人此起彼落的鬥嘴聲，漸去漸遠。

「先帶我回你房間吧。」是趙哲希的聲音。

「我才不要。」

「喂，你很不夠朋友耶。」

「隨便你怎麼說。」

「那我晚上睡哪裡啦？」

「我家有帳篷，還有一個好大的前院，你可以在那裡搭帳篷。」

「喔，難道這是你的待客之道？」

「很仁慈了好不好？你如果要去睡馬路，我倒也不反對，我們這裡治安還不錯，這點我可以向你保證。」

「喂你真的是……」

然後，我瞥見鏡子裡映照出我眉開眼笑的模樣，燦燦然像一道彎月，漾在我的唇際。

預期中的假期，和不在預期中的人一起度過，也能擦出這麼有趣的火花！

這一刻，我種深深慶幸，慶幸趙哲希是我的朋友，慶幸我生命中有趙哲希這個人，才不至於使得我的人生貧乏無味。

雖然你不曾提起關於我在你心裡的定位，但我仍能從你眼中窺見自己的重要性。

欣賞完宛如倘佯在海邊的房間景色後，我懷著無比幸福與喜悅的心情下樓。

趙哲希和阿洛坐在餐桌前喝花茶聊天，聽見我下樓的腳步聲，兩個人很有默契地同時轉頭，趙哲希揚著淺淺笑意向我招手。

「怎麼樣？」

我一坐下，趙哲希就開口問。也許在別人耳裡聽起來，很難領悟他這種沒頭沒腦的問法，不過，我卻能明白他的問題是什麼。

「我一直在心裡哇哇哇叫個不停，所以你說呢？」我笑。

聽見我的回答，趙哲希臉上笑意加深了。他拿了桌上一組白瓷綴著紫色小花的花茶杯幫我倒了杯花茶，再將冒著霧白熱氣的花茶移到我面前，提醒我，「有些燙口，先別急著喝，涼一點再喝吧。」

我點點頭，抬眼，瞧見阿洛朝我們笑得饒富興味。

「唉唷，趙哲希，我還真不知道你有這麼柔情似水的一面呢。」

阿洛拍拍趙哲希的肩，故意挖苦他。

「幹麼要讓你知道？我才不想對男生柔情似水呢，等一下被別人誤會怎麼辦？」

「誤會就誤會啊，有什麼關係？大不了我養你！」

「喂……」趙哲希一拳快狠準地揮過去，硬生生落在阿洛的手臂上，「別愈說愈離譜啦。」

「開個玩笑也不行。」阿洛依然不以爲意地笑嘻嘻，「就跟你說你們那種血汗公司愈早離開愈好，來這裡陪我一起經營民宿打天下有什麼不好？你看你們公司壓力大到把你的幽默感都磨光了，你都快變成我不認識的趙哲希了啦。」

趙哲希笑笑地睨了阿洛一眼，「壓力大歸大，那是我喜歡的工作呀！再說，城市住久了，我大概也沒辦法適應這種純樸的田園生活，光想到要去一間便利商店得騎十幾分鐘的機車才能到，我整個人就要崩潰了。」

「也是啦。」阿洛順口接下去，「而且來這種地方怎麼當守護天使嘛……」

阿洛話還沒說完，趙哲希一拳又過去，這回被阿洛閃掉了。

「你別再說話了啦。」趙哲希一記凶狠的眼神過去，阿洛只好乖乖閉嘴。

阿洛家的花茶很香，他說是他們自己種的多種花草，摘下來後，洗淨風乾烘製成的，而且是經過阿洛不斷地調配增減花的種類及數量，最後才調出這杯口感溫醇，氣味清香的花茶。

「而且，因爲這花茶的數量也不是很多，所以我們只會沖泡給來入住的客人喝，不販售的喔。」阿洛說。

我喝著帶著微微酸甜味的暗紅色花茶，享受鼻息間馨香的氣息，突然有種寧願時間就此停下來的冀望。如果生活永遠這麼寧和平靜，那有多好。

安靜地看著趙哲希和阿洛眉飛色舞地聊著一些人、事、物，儘管他們聊的內容我並不熟悉，但笑意是會傳染的。兩個人的喧譁，三個人的微笑。

聊了一陣，一些預約訂房的住客陸續來辦理入住手續，阿洛開始忙起來，歉然地對我們說，晚餐過後，他得空一點，一定會好好陪我們喝酒聊天。

趙哲希和我決定到戶外走一走。

「這裡很不錯啊。」一走到外頭，在亮晃晃的陽光下，我雙手交握往上高舉，順勢伸伸懶腰，側過臉，笑著看唇角也微微上揚的趙哲希，「你那個守護天使是什麼？線上遊戲？」

趙哲希微微錯愕，隨即笑開了臉，搖頭，「不是。」

「不然是什麼？」

「不告訴妳。」趙哲希淘氣地挑挑眉，故作神祕。

「不說就不說。」我走到那座雙人鞦韆前，轉身坐下，又向趙哲希招招手，要他過來。「一起坐。」

趙哲希聽話地過來，坐在我身旁。我們兩個人肩碰著肩，趙哲希腳長，他輕輕一蹬，鞦韆就緩緩擺動起來，根本不需要我出力。

這一刻，不知道為什麼，我的心跳居然躁動不安起來，怦怦跳動的頻率，和中午在雪隧時不同，那時我的臉不會發燙。

趙哲希一樣安靜不說話，耳邊卻能聽見他沉穩的呼吸聲。

「我……」我覺得一定要說些什麼，不然氣氛會僵掉，深吸一口氣，我說：「我一定會找出來的。」

「什麼？」

「我說……我一定會找出來。」我回過頭去，迎向趙哲希猶疑的眼神，說：「關於守護天使那件事。」

趙哲希看了我幾秒鐘，慢慢把頭掉回去，看著前方，腳又在地上蹬了幾下，讓鞦韆盪高，最後才緩緩開口，「有些事，糊塗一點會比較好，太精明，反而會讓自己陷入兩難。」

「咦？怎麼這麼說？」

我是真的不懂了，眼睛定定地瞅著趙哲希，他卻不再說話了。

這個人，原來心裡也是躲著心事的，而且，有些祕密他是不肯讓我知道的。

有那麼一瞬間，我心裡有一點難過。

原來，再親密的朋友，也會保有一些自我的隱私，不准任何人來探究的。

宜蘭的夏天，溽熱難耐，趙哲希向阿洛借了部機車，載著我去找冰店。

很久沒坐機車了，我和趙哲希各自戴了頂西瓜與草莓造型的安全帽，我很堅持趙哲希要戴草莓的。

「爲什麼我要戴這種很娘的粉紅草莓安全帽？」

一開始，趙哲希不肯乖乖妥協，一直抗拒。

「因爲你戴草莓那頂看起來比較可愛啊，你看它上面還有綠色的葉子耶，看起來好cute。」

「可愛妳不會自己戴？」

「這種粉紅色不適合我啦。」我搖搖手，順勢把西瓜造型的安全帽戴上，說：「我愛吃西瓜，所以我要戴西瓜的。」

趙哲希拗不過我，只好乖乖就範。

坐在趙哲希騎的機車後座，讓我有回到學生時代的感覺。大二那年，我和趙哲希成了莫逆之交，那段時間，他常常騎車載我四處跑，有時是吃小吃，有時是看電影，有時是他載我去車站搭火車，讓我可以去程威宸在的城市和他約會。

也是那段時間，被人誤以爲是我橫刀奪愛，搶了林至臻的男朋友。那時沒有人幫我說話，相信我們的，只有程威宸和林至臻。

流言的強大威力，遠遠超過我所能想像。那一陣子，我承受著莫大的壓力，一度差點放棄和趙哲希建立起的邦交。

現在想起來，覺得眞是幸好。幸好，我並沒有因爲那些蜚短流長，放棄趙哲希。幸好，在經歷那些風風雨雨之後，我跟趙哲希仍能一本初衷地分享彼此的悲喜哀樂。幸好，在我人生最悲傷難過的時刻，是趙哲希無怨無悔陪我走過低潮，給我力量，讓我勇敢。

眞的，幸好。

所以，幸好我遇見你，也幸好，你能珍惜我。

吃過冰，趙哲希又騎著車載我大街小巷四處亂逛。

傍晚時分，氣溫已經不再像中午時那般炎熱。

「喂，你行不行啊？這樣亂騎亂鑽，等等迷路怎麼辦？」我有些緊張地四周張望，在人生地不熟的地方，我的不安全感總是特別容易急速攀升。

「妳還是那麼容易緊張！」趙哲希笑出聲來，「放心！阿洛這部摩托車沒辦法騎得多遠，就算迷路了也沒關係，路是長在嘴巴上的嘛，再問問路人，總能找到路回到阿洛家囉。」

「可是……」

「我記得這附近有個地方種了一種很漂亮的花，叫大鄧伯花，一串串的，很好看，我帶妳去看看。」

雖然是第一次聽見這花名，不過聽趙哲希的描述，直覺應該是很漂亮的花，尤其他說「一串串」的，那讓我想到風鈴。

以前，有一段時間，我十分喜歡聽風鈴迎風叮噹作響的聲音。高中時，有一次生日，同學送我一串風鈴，我把它掛在房間的窗口，每次只要風一吹，風鈴便響起叮叮噹噹的輕脆聲音。不知道爲什麼，我總覺得在風鈴聲中念書，是十分浪漫的事。

和趙哲希認識之後，有一回和他去書店找書，書店裡有一區擺放了各式各樣的風鈴。我將那段往事告訴趙哲希，結果那年的耶誕節，我收到一串風鈴，是趙哲希送的。

雖然後來，我沒把他送的風鈴掛起來，一方面是不知道室友們能不能接受這種叮叮咚咚稍嫌吵鬧的聲響，另一方面怕林至臻知道那是趙哲希送的，會胡思亂想。所以索性把這份禮物收藏在自己的櫃子裡，結果時間一久，就忘了有這個東西。

一直到大學畢業，整理櫃子準備把東西都打包寄回家時，才又翻出那串風鈴，直到現在，那串風鈴還被我安放在自己房間的書桌抽屜。

趙哲希很快就找到他說的那個種滿大鄧伯花的地方，我一看，有些傻住。

彷彿是座綠色隧道的長廊上頭，掛滿一串串淺淺藍紫色的大鄧伯花，風一來，花便隨風搖曳。趙哲希拉著我走進去，我們站在長廊中央，抬頭看那些花，好像置身世外桃源。

「是不是很漂亮？一串串的很像風鈴。」趙哲希頓了頓，又說：「我記得妳以前很喜歡風鈴的聲音。」

我看著趙哲希，有些話哽在喉頭，說不出來。

有些人，就是能把你隨口說出的話記在心頭，直到很久之後，你都快忘記曾經說過的那些話時，對方仍然牢牢記住。

後來我才明白，這就是「在乎」。

當一個人在乎另一個人時，即使是再微不足道的事，他仍能深深記住，宛如一道疤痕，只要印在心頭，就是一輩子。

回到阿洛家，已經是晚餐時間。

「快來吃飯。」阿洛聽見機車聲，便從廚房窗戶探出頭來，向我們招呼。「今天煮了哲希喜歡吃的丼飯，剛煮好，快來吃。」

阿洛的民宿是不提供晚餐的，不過他還是爲了歡迎老朋友，特地下廚煮了趙哲希喜歡的牛肉丼飯，實在很夠朋友。

一走進餐廳，就聞到滿室香氣，趙哲希沿路「好香、好香」地叫，開心得像個小孩子。

阿洛還拿出他自己釀的桂花酒，開心地說：「這是前年釀的，很香很醇，吃飯配酒最對味。」

「你釀的酒後勁都很強，我上次才喝兩小杯就醉死了。」趙哲希說：「今天我最多只喝一杯，絕對不能讓歷史重演。」

「隨便你。」阿洛並不在意，一面倒酒一面說：「上次也是你自己要喝兩杯的，那時也跟你說過這酒的後勁很強，你偏嚷著說好香、好甜、好好喝，我哪知道你酒量那麼爛，一堆人就你一個人醉倒，我都不好意思跟別人說你是傳說中的『兩杯倒』耶。」

「呿！」趙哲希啐了一聲，說：「爲了你這句話，我今天就來拚個兩杯不醉倒，你看如何？」

「神經！這種事有什麼好拚的？男人的頑強不是用在拚酒上，是用在追女朋友的行動上，你啊，光用心沒行動，有啥屁用？」

我睜大眼看著阿洛，不太明白他話裡的意思，卻又隱約能猜測出趙哲希也許有他自己喜歡的女生。只是，這種事他從來沒跟我提過。

爲什麼他不跟我說呢？不管是暗戀或是放手追求，我都能當他的軍師啊，有些事，只有女生才能懂得女生心裡的眞正想法，我就算在他眼中再怎麼男人婆，到底還是貨眞價實的女生，多少也能給點建議嘛。

「快吃飯吧你！別老說那些沒建設性的話。」

趙哲希露出一副受不了阿洛老是嘮嘮叨叨的表情，催促阿洛快點開動，別再廢話，他快餓死了。

於是，兩個人話鋒一轉，開始邊吃邊聊起來。我在一旁跟著吃，偶爾提到我知道的話題，便和他們聊幾句，但大部分時候，我都是安靜的。

雖然安靜，但我很享受這種愉快吃飯聊天的氣氛，總覺得和他們在一起很沒有壓力。

這種感覺，和跟程威宸在一起時並不一樣。

爲了配合程威宸從小在家養成的習慣，和他吃飯時我也很安靜，但那種安靜，是帶點壓迫性的。

以前不知道程威宸的習慣，剛開始和他出去吃飯時，我們還可以邊吃邊交談幾句，而且都是我提問，他回答。後來熟稔一點，有次我一如往常地邊吃飯邊講話，想不到他老兄居然馬上臭著一張臉說：「妳難道不知道吃飯不講話是禮貌嗎？」

於是，我明白了。明白有些人和我們並不是同類，很多我們不以爲意的習慣，會造成他們的介意。

那次之後，我和他吃飯，總是一面吃，一面提醒自己要安靜，即使有再多的話想說，也要憋住，一定要等到吃過飯離開餐廳，才能開口。

久了，我們之間開始變得無言，剩下的，只有爭吵。

周而復始，循環不止。

也於是，我盡量不和程威宸吃飯，不想一頓飯愉快的時光變成折磨。

有時自己想想都覺得驚奇，我居然可以和這樣一個人交往這麼久，如果不是因爲有「愛」的支撐，我想我應該早就放棄了吧。

趙哲希這次有厲害一點，一直到喝完第三杯才醉倒。

「我好想睡……」

這是他趴倒在餐桌前說的最後一句話，說完，他就睡倒了。

「沒見過男生像他這麼弱的。」阿洛一整個快笑翻，「不過妳酒量倒是不錯，我看妳也喝了好幾杯呢。」

「因爲很甜很好喝。」我笑著，微醺的感覺很棒，好像煩惱的事都被抽離了，只剩下醺醺然的快樂，「我對花茶和花果製的酒都沒有抵抗力。」

「明天你們要回家時，我再裝幾瓶讓妳帶回去吧。」阿洛大方地說。

「這怎麼好意思！不用啦，我平常也很少喝，只有心情不好時會叫趙哲希陪我喝幾杯啤酒，他那個人酒量不好，我也不敢讓他喝烈酒。」

阿洛望著我的眼神變得複雜，有我不能理解的情緒。

他又幫我斟了一杯桂花酒，沉吟片刻才說：「其實，妳很在乎趙哲希吧？」

「嗯？」

「在乎一個人的眼神，是騙不過別人的，因爲總會在不經意中流露出來，有時連自己也不明白這樣的情緒，但旁觀者總是清楚的。一個人身上，最誠實的只有兩個地方，一個是眼睛，另一個是心。」

一個人身上，最誠實的只有兩個地方，一個是眼睛，另一個是心。

和阿洛一起把已經喝醉的趙哲希扶回阿洛的房間，我向阿洛道過晚安，就直接回自己房間裡。

迅速梳洗過後，我一點睡意也沒有，腦袋裡紛紛亂亂。

從背包裡掏出手機，上面沒有任何未接來電，心裡覺得有一點悲哀，原來程威宸並不在乎我的心情，也不在乎我早上被他丟在路邊，之後是否安然無恙地回到家，或者半途遇到任何危險。

原來，愛，是會被時間磨光的。

夜闌人靜的時候，悲傷的情緒是會瞬間壯大的。

我打開房間的落地窗，走到陽台上，在這裡，可以清楚看到天上的星星。

趙哲希曾說過，現在我們所看到的星星，或許早就不存在了，因為星星有可能在距離我們幾百光年外就已經殞落了。

「大概是乘載著太多人的願望，所以才會墜落。」那時，趙哲希這麼說。

我喜歡趙哲希的說法，總覺得他的說法很浪漫。

剛才在餐廳裡，我和阿洛聊著趙哲希，阿洛問我知不知道趙哲希喜歡一個女生的事。

我搖搖頭，「我沒聽他提過。」

「聽說他喜歡那個女生很久了，和前一任女朋友分手，好像也跟那個女生有間接關係。」

「咦？是那個女生介入嗎？」

趙哲希的上一任女朋友不就是林至臻嗎？

我曾經好奇趙哲希爲什麼不肯再交女朋友，也曾經猜測也許是他對林至臻餘情未了，才一直不肯接受其他女生的示好。不過，每當我問起，他總是淡淡一笑，說：「沒辦法，遇不到喜歡的，可能是緣分還沒到吧。」

「也不是。」阿洛說：「只是他和他前女朋友觀念有些合不來，那時就有想要分手的想法，不過妳也知道，哲希就是那種不太願意傷害別人的人，所以就一直拖延著，一直到遇到那個女生，分手的念頭，變得愈來愈強烈，後來就和他前女友分手了。」

我從來沒聽趙哲希說過他和林至臻分手的原因。每次問起，他總是避重就輕，要不然就是跟我打太極。

「那他們後來怎麼沒在一起呢？是那個女生不喜歡他嗎？」

「誰知道那傢伙在想什麼。」阿洛一邊說，一邊斜睨了正趴在餐桌上呼呼大睡的趙哲希一眼，又把目光調回到我臉上，「都什麼時代了，他還在玩守護天使的這種遊戲，我也問過他，那麼喜歡，幹麼不大大方方追人家，他說他不想破壞別人的幸福，還跟我說，他只要看到她笑，就很開心，知道她幸福，也就覺得值得了……什麼爛梗啊！一定都是那些芭樂偶像劇害的，好幾次，我都被他氣到要吐血。」

我笑了起來，這種事，確實是像趙哲希的作風。

他就是那種重情重義的人，對朋友能如此，對自己喜歡的人更是義不容辭。

不過，聽起來那女生是有男朋友的人，這也難怪趙哲希會裹足不前了，他本來就不是會去破壞別人幸福的人。

「其實我覺得他很笨啦，笨蛋才做那種吃力不討好的事。可是偏偏他又笨得很可愛，很多話他不會主動跟我說，就算受了委屈，也還是會把那些事埋在心裡，常常都是要我拚命挖、拚命挖，才能把他放在心裡的事一件一件挖出來。但是，當朋友的窮著急又有什麼用，他就是慢郎中。你在這裡替他擔心，他還是在那裡好好地做他的天使，繼續幹那種守護別人女朋友那一類的蠢事，你有什麼辦法呢！」

「可是我覺得他這樣……很酷。」

阿洛聽我這樣回答，一臉不解地看著我，「爲什麼？」

「因爲他就是會爲了他喜歡的人，奮不顧身的那種人啊，他不會爲了求回報才去喜歡一個人。很多時候他很傻，可是也是因爲他很傻，我們大家才都喜歡他這樣的朋友，不是嗎？」

阿洛看了我幾秒鐘，才說：「難怪哲希一直跟我說你們兩個人超級合得來，原來他沒騙我，怪人果然只會和怪人變麻吉。」

我低頭笑了笑，沒回話。

後來，阿洛請我和他一起把趙哲希扶回他房間。

「我一個人大概是沒辦法，趙哲希那傢伙塊頭那麼大，我很怕我沒抓好他，他會從樓梯滾下來。」

於是，我只好和阿洛同心協力，一人一邊，扶著酒量超級爛的趙哲希回阿洛房間。

安置好趙哲希，離開阿洛房間前，阿洛站在他的房間門口，語重心長地對我說：「哲希就是那個傻性子，總是寧願自己吃虧，也不讓自己的朋友受到任何委屈，對於他自己喜歡的人就更不用說了。所以，妳可不可以答應我，以後不管發生什麼事，請妳千萬不要傷害他，如果非不得已一定會讓他受傷，請盡妳所能讓傷害降到最小，因爲……他是我最重要的哥兒們，我沒辦法對他的事袖手旁觀，也沒辦法原諒任何有意傷害他的人。」

雖然在那當下，我只能點頭答應他，但老實說，我完全沒辦法理解阿洛說那些話的用意。

再怎麼說，我也不可能蓄意傷害趙哲希，對我而言，趙哲希是比程威宸還要重要的人，我怎麼會去傷害一個我如此在乎的人呢？

念頭一轉，我又想起阿洛提到趙哲希有喜歡的女生這件事，然後開始臆測他喜歡的對象是誰。

之前曾經聽他提起過，以前他們系上有個小他兩屆的學妹，長相直逼校花級的，一進學校馬上就吸引一堆色狼學長的注意，個個對她垂涎不已，總竭盡所能希望能贏得她的青睞，但偏偏她就只對趙哲希噓寒問暖，還寫過告白信給他。

「不過，她完全不是我的菜。」趙哲希那時這麼對我說。

所以，校花學妹，out!

還是他們一起登山的同學啊？聽說裡面有個女生，以前在學校時倒追過他，還爲了他和自己的男朋友分手，只是，那時趙哲希完全對她不上心，後來也只能當朋友。

那女生我見過幾次，是在趙哲希公司樓下，有幾次是趙哲希和我去吃完下午茶，我開車載他回他公司時，看到那個女生在公司樓下等他，雖然長得也不錯，不過沉靜的臉上，總籠罩著淡淡的憂鬱，我一看就知道，她不會是趙哲希喜歡的型。

趙哲希喜歡陽光一點的女生，他說，他喜歡看女生笑起來很開心的樣子。

所以，憂鬱同學，out!

再來我就想不出有什麼人是可能讓趙哲希動心的了。

趙哲希雖然和我交情匪淺，我們的生活圈也有部分重疊，比如，他公司的同事有好幾個都和我有點交情，所以他和那些同事私下聚餐時，有時會問我要不要去，大部分時候，我都來者不拒。

而我們公司和我感情比較好的同事，還有幾個大學時交情不錯的同學，也都認識趙哲希。

只是，除此之外，趙哲希仍然有著他自我獨立的生活及朋友圈，就拿阿洛來說，我之前根本沒聽趙哲希提起過，也是今天第一次看到他。

那麼，趙哲希喜歡的人會是誰呢？

也許眞有那麼一個隱藏版的人物，是我沒見過，卻始終存在趙哲希心裡面的女生吧。

眞想見見她！看看爲什麼她能讓趙哲希這麼多年來心如止水地不去觸碰其他感情，看看她到底有何種魔力，讓趙哲希迷戀到寧願委屈自己也不去傷害她。

眞的很想看看她！

而我更想知道的是，關於你心裡那塊我始終不曾探索的領域，我到底在不在裡面。

夜裡，躺在床上，我卻翻來覆去睡不著。經過一天的舟車勞頓，明明身體已經很疲倦，腦袋卻不停運轉著，一下子掛念程威宸，一下子又叨唸著趙哲希。

也不知道這樣子輾轉了多久，即將入睡之際，我睡的床卻搖晃了起來。

先是輕輕的，然後愈搖愈大力。

不對！不只是床在搖，實際上，是整棟房都在搖晃。

我傻了幾秒鐘才終於反應過來……是地震！

天哪！地震！

我腦海裡閃過天崩地裂的畫面，閃過九二一大地震時的景象，閃過斷垣殘壁的淒涼，閃過高二那年，我跪坐在傾倒的衣櫃旁，驚嚇到完全站不起身，只能不斷不斷地哭，直到爸爸衝進房裡，把我抱出房間。

但是，那段過往像一場夢魘，偶爾仍會把我從睡夢中驚醒。

於是，每次地震，就算搖晃力道不大，時間不久，我依然會像驚弓之鳥一樣，睜大眼，止不住地顫抖，害怕下一秒，世界就會崩毀。

趙哲希說，我應該是被那場巨烈搖晃的地震，還有不斷從我身旁掉落的房間擺飾驚嚇到，才會造成如今這種一遇到地震就驚嚇害怕的後遺症。

抓住放在床頭櫃上的手機，我縮在床邊，手完全控制不住地發抖，根本沒辦法撥電話求救。

這個地震搖了快一分鐘才停止，晃動的力道不大，也不是上下搖晃，所以應該是屬於一般說的能量釋放，不會造成什麼災情。

儘管如此，我還是很害怕，被一種好像快要滅頂的恐懼淹沒。

此時，門板被敲響了，趙哲希的聲音從門外傳來，「李育蓁，快開門。」

我衝去開門，在見到趙哲希那一瞬間，眼淚潰堤了。

「好可怕。」我哽咽著。

趙哲希走過來，輕輕攬住我的頭，讓我靠在他的肩窩裡哭，聲音很輕地說：「好了、沒事了。」

他懂得我的驚懼，他總是在我最無助的時候出現。

我的驚恐在他溫柔的嗓音中漸漸消逝。

「你不是在睡？」

慢慢平靜下來，我退出他懷裡，終止那種曖昧的姿態。他的懷抱，並不是我該棲息的地方。

「地震一搖我就醒了。」他拉了把椅子坐下，淡淡微笑，「然後想到妳，想到妳可能會害怕，就跳下床跑過來了。」

趙哲希總是讓我感覺窩心。

「其實也沒搖得太過分……」

「三級地震都能讓妳嚇到腿軟了，這種大概五級的震度，我不相信妳能鎮定到哪裡去。」

「我……」

「也沒什麼值得不好意思的，每個人難免都有自己跨越不過去的恐懼，有的人懼高，有的人怕水，有的人，就像我一樣，怕失去自由……」

「這哪算？每個人都不喜歡失去自由吧，又不是只有你。」

我失笑地看著他，在驚慌失措時，有他在一旁陪伴，老實說，真的很好。

「我特別嚴重。」趙哲希起身，倒了兩杯水，折返回來時遞了一杯給我，「我害怕被綑綁，不能自由，就像失去呼吸。」

「這是你不肯談戀愛的原因？」

趙哲希看著我，淡淡揚起嘴角，緩緩回答，「算是，也不算是。」

「這是什麼爛答案啊！」我不滿意地叫起來，「我最討厭模稜兩可的答案啦！到底是不是呀？」

「談戀愛會被制約，我不想被愛情束縛。但如果是和我很喜歡的女生在一起，那就算會失去一些自由，我也是可以接受的。」

「阿洛說……說……」話才起個頭，我就猶豫了，不知道到底要不要問他。怕他不想說，問了，會讓他爲難。

「阿洛說什麼？」

「算了！當我沒提，沒事沒事。」

「喂，李育蓁！」趙哲希一臉認眞地看我，「妳知道我最不喜歡人家說話說一半的，那感覺很差勁。」

在趙哲希的注視下，我抿了抿嘴唇，躊躇片刻，才略略艱困地開口，「阿洛說你有喜歡的女生，還說你爲了她放棄林至臻。」

趙哲希有些意外，我看見他怔忡的表情。

「阿洛說的？」

「對。」我用力點頭，「阿洛說的。」

「這個臭傢伙……」

儘管趙哲希壓低音量喃著，我仍能聽出他聲音裡的無奈。

「所以……」隔著一張椅子的距離，我盤腿坐在床上，仔細盯著趙哲希的眼睛，說：「你不打算和我分享嗎？」

「這種事……有什麼好分享的？又不是什麼了不得的事！」

「我不管！」我任性起來，乾脆又往前移動一點，更靠近趙哲希。

「喂，妳幹麼？」

「坐近一點，才不會聽漏了你的祕密啊。」

「我又沒說要告訴妳。」

「不公平！」我嘟起嘴，耍賴的姿態，「我什麼事都跟你說，連我和程威宸幼稚的吵架內容也一字不漏地實況轉播給你聽，你怎麼可以對我隱瞞你的心事？」

「妳爲什麼那麼想知道？」

「因爲你是我的好朋友啊，因爲你總是會聽我傾訴，所以我身爲你的好朋友，當然也該傾聽你的心事。」

「但我覺得沒有必要耶，因爲那只是我一廂情願的喜歡，不可能有結局的故事，我比較喜歡保留，至少沒有開始就不會有結束，沒有喜悅就不會有悲傷，淡淡的，最好。」

我有些生氣了，覺得趙哲希刻意隱瞞我一些事，偏偏他隱瞞的，是我目前迫切想知道的。

我只是想分擔他的心事，想知道他是不是很難過，不要他獨自背負那麼多傷心和委屈嘛。但是，跟我分享有那麼困難嗎？

看我緊蹙著眉頭的生氣表情，趙哲希嘆了口氣，妥協了。

「好吧！妳想問什麼就問吧，我知無不言，言無不盡，不過，如果是太尖銳私密的問題，我要選擇 pass 喔。」

我緊緊盯著趙哲希，良久，才開口，「我認識嗎？」

「什麼？」

「那個女生，我認識嗎？」

大概是沒料想到我一丟出去就是這麼爆炸性的問題，趙哲希在一時之間居然沒辦法回話。

「我可以選擇 pass 嗎？」

「不過就是圈和叉兩種答案，有這麼難回答？」

趙哲希猶豫片刻，然後輕輕點頭。

「我認識？」

「嗯。」

「是誰？」

「Pass!」

有時我會希望自己是你，能像你一樣恬靜優雅，如此，我便不會再為情擾心。

嘿！不知道你是不是也曾經想過，關於我們年老的生活。

我們在十分年少時，知悉彼此。在蛻變成熟之際，熟識彼此。於是，我常會想像，當我們都年老時，會是什麼模樣。

是否依然能擁有這份靈犀的默契？是否，依然能如現今一般，在心情憂悶之際，一通電話就找到彼此？是否，我們的另一半都能接受你我的友好交情，並且不會亂吃飛醋？

我記得有一年耶誕節，程威宸出國公差，你來陪我過耶誕，我們一起去吃了一頓大餐，在餐廳裡，我們隔壁桌坐了一對老夫婦。

他們就像年輕人一樣，訂了一桌子的耶誕大餐，也像年輕人一樣舉杯慶賀，偶爾吃到對他們而言略嫌硬韌的肉塊，兩個人會互相嘲笑對方年紀大了，連肉都咬不動。

然後，你說你很羨慕他們。你羨慕的不是他們的夫妻身分，你羨慕的是他們願意活在當下，像年輕人般無窮的活力，還有臉上笑得深深的皺紋。

你說，那就是一生一世。

我無法理解什麼是一生一世，但我能明白你的喟嘆，能明白你的欽羨。

我說，也許那也是我們年老時的生活，說不定，我們也會戴著假牙吃大餐，說不定，我們大餐吃到一半時，還要把牙齒拔下來清理一下，再繼續吃。

然後，你笑了，你說：「妳這個笨蛋！男女間的情誼，沒辦法持續到那麼久，除非結合，不然就是分開。」

於是我生氣了，我不喜歡這樣的說法，宛如訣別一般的講法，會讓我傷心。

我不是太單純，而是我不想要想太多。想得愈多，愈覺得未來遙不可及。

所以，我讓自己簡單祈望，祈望六十年後，我們依然能像現在這般友好，依然能一眼看透彼此的想法，依然能一通電話就暢所欲言，無阻無礙。

對我而言，這，就是一生一世。

第三章　單純的祈望

我在刺眼的陽光照耀下醒來，睡眼惺忪中，我看見金黃色光束裡紛飛的塵埃。還看見側躺在一旁沙發上睡得香甜的趙哲希。

時間彷彿靜止了，趙哲希熟睡的臉龐看起來寧靜恬適，輕輕抿著的嘴唇唇角微微上揚，想必作了個好夢。

我躡手躡腳走過去，拉了條薄被往他身上蓋，心想，儘管這個人已經這般年紀，依然像個孩子，不懂得睡覺要蓋被子才不會著涼。

躲進浴室簡單梳洗過，又來到趙哲希身旁探了探，發現他依然熟睡，只好先獨自下樓吃早餐。

「早安。」才下樓，就聞到廚房傳來陣陣煎蛋香氣，還有正端著火腿和荷包蛋從廚房出來，向我打招呼的阿洛。

「你這麼早起做早餐？」

「是啊。」阿洛笑著，「總要讓這裡的住客感覺賓至如歸嘛，而且只是煮幾鍋稀飯，準備牛奶、豆漿和一些早點配菜而已，不是什麼太難的工作。」

「聞起來好香，有沒有什麼需要我幫忙的？」

「不用啦，都準備得差不多了。」阿洛把手上的食物餐盤放好，又忙碌地從廚房端出一箱已經洗好、擦乾的玻璃杯，邊擺放邊問我，「昨晚睡得好嗎？」

「嗯。」我點頭，笑笑，「睡到不省人事呢。」

「有沒有被昨天的地震嚇到？」

我又誠實的點頭。

「我們這裡地震比西半部頻繁，住久了其實也就習慣了。不過昨天地震時，趙哲希倒是很緊張，明明醉得一塌糊塗，怎麼叫都叫不醒，偏偏一地震就瞬間清醒過來，先是抓著我問是不是地震了，再來就衝出去說要去找妳。莽莽撞撞的，真不像他平時的溫文作風。」

我沒作聲，心臟倒是不安分地突突亂跳起來，有種像是做了什麼壞事，被當場抓包的感覺，有些惴惶不安。

阿洛見我不出聲，還特地掉過頭來看看我，發現我有些侷促，忍不住笑起來。

「妳幹麼啊，又不是在說妳，妳不用感覺不自在呀。」

「其實、其實是我是很怕地震啦，是地震後精神受創的一種吧，所以每次只要地震，我就會恐懼不安。趙哲希知道，只要他在我身邊，就會想辦法安撫我的情緒，昨天就是這樣。」

「這麼好的男人，可惜就是有人不要！」

阿洛突然冒出來的話，讓我完全接不下去，只是睜著眼，骨碌碌地望著他。

「算了，說不定哪天，某人就會茅塞頓開，什麼都懂了。」

愈說我愈糊塗啦！阿洛講話充滿玄機，偏偏我是個懶得動腦筋、聽不懂拐彎抹角暗示的人。

「阿洛，你又在搬弄什麼是非啦？」趙哲希的聲音從身後傳來，一轉身，看見他一臉清爽的笑，瞧瞧我，又瞟向阿洛。

「我哪有在搬弄什麼是非？我是在點石成金啦。」

「點什麼石？」

「嗯，不就那顆。」阿洛朝我抬抬下巴，又繼續對趙哲希說：「不過，很可惜，她不是顆頑石，而是顆笨蛋石，怎麼點就是聽不懂，我放棄了。」

「你才笨蛋！」趙哲希走過去，拿了玻璃杯，裝了兩杯溫豆漿，遞一杯給我，一杯拿在手上，繼續對阿洛說：「別老講一些亂七八糟的話給她聽，要不等等我一定會被煩得受不了！你可別看她呆呆傻傻的，拗起來跟個要糖的小孩有得比，什麼道理都講不通，非得要順著她才行。」

「我哪有這麼不講理啊？」我大叫抗議。

趙哲希沒理我，逕自看著阿洛，淡定地說：「看吧，開始要發作了。」

「喂，我哪有啊！」我又叫。

「這是初期症狀，等等症狀會更明顯。」趙哲希煞有其事地說，搞得我整個人快毛起來。

略為不爽地瞪了他一眼，決定不理他們這兩個臭男生，先填飽我的肚子比較實在，它已經餓得咕嚕咕嚕叫不停。

吃過早餐，趙哲希問我要不要到附近走一走，他說他知道有幾個地方景色還不賴，難得一趟路迢迢而來，總得有些收獲回去，才不枉此行。

於是我們又向阿洛借了機車，往趙哲希說的地方去。

一路上，我不講話，趙哲希一邊騎車，一邊透過後照鏡偷看了我好幾次。最後忍不住開口，「怎麼啦？真的在生氣啊！不過是玩笑話嘛，妳別當眞。」

我還是不講話，趙哲希有些急了，把車停在路邊，回頭仔細看我。

「眞的生氣啦？」見我低下頭不看他，他把車停好，蹲在一旁，仰頭看我，「好啦，對不起嘛，我只是開玩笑啊，李育蓁，妳不是那麼沒肚量的人吧？」

「你現在才知道我小眼睛小鼻子愛計較？」我努力憋住笑，其實也不是眞的那麼生氣，不過方才趙哲希在阿洛面前掀我的底，我一定要報仇，「你走開啦，我不想和你說話。」

「喂！妳不是認眞的吧？」趙哲希搖搖我的手，一副緊張死了的模樣。

「哼。」

撇過頭去，假裝不看他，趙哲希佇在原地，一動也不動。

我們兩個人就這樣在烈日灼灼的大熱天僵持了幾分鐘，我被太陽曬到開始冒汗，趙哲希倒是比我有定力，依然一動也不動。

悄悄轉過頭去偷看他，只見他瞪大兩顆眼睛，定定地看著我，唇角和眼裡都是笑，我一看，再冷的表情也被他的笑融化了。

「你幹麼？」

「懺悔啊。」

「懺悔幹麼要在大熱天裡罰站？」

「這樣才有誠意。」

「那我幹麼要陪你曬太陽？」

「因爲妳重情義。」

笑意再也藏不住了，我噙著笑，「我一點也不想要重情重義，好嗎？」

「可是我想！所以，就讓我陪妳去兜風吧。」

趙哲希一說完，又是一臉稚氣的笑，眞的讓人很難眞正對他生氣。

「喂，趙哲希，我問你喔。」機車發動後，我躲在趙哲希背後，輕輕問著，「假如啊，我是說假如喔，假如有一天，我和程威宸分手了，你會不會來追我？」

趙哲希沒有馬上回答，他大概沉默了一分鐘，才轉頭拋了個問題給我，「我幹麼要追妳？」

「只是假如嘛。」

「可是我不喜歡回答假設的問題。」

「唉唷，趙哲希，請你以遊戲的心態來回答好嗎？不要那麼認眞嘛。」

「我也沒辦法用遊戲的心態來回答我的感情問題。」

我被打敗了！

於是，我決定閉嘴不再說話。趙哲希這個人啊，太容易對事情認眞，他的執著，如果用在感情上，應該好壞滲半。執著於一段感情，會讓被他喜歡的人充滿安全感，然而，也同時充滿壓力。

被愛，是種既幸福又沉重的負荷。你能夠感受被捧在手心的珍惜，卻也要承擔不辜負那個愛你的人的壓力。

「假如，有一天妳離開程威宸，不再眷戀那段感情，而且還有一點點喜歡我，那我一定追妳。」良久，趙哲希用溫柔又篤定的語氣輕聲說著，「我不喜歡做自己沒把握的事，但我有把握當我很喜歡一個女生時，一定不會輕易讓她傷心或生氣。」

被愛，是件既幸福又沉重的事，雖然不易平衡，我們卻都寧願承擔。

我們走走停停，看到不錯的景色就停下來走一走，走累了就跳上機車，繼續往下一個地方駛去。

「我覺得這樣走來走去，好像走馬看花，什麼也沒玩到。」

逛完第三個風景區，我跨坐在機車上對趙哲希抱怨。

「沒辦法，時間太趕了，來這裡玩至少要安排三天的時間才夠玩，我們光從台中開車過來就花了不少時間，扣掉來回車程，實際停留的時間有限。」

「下次我們再排個連休，來這裡好好玩一下吧。」

對於我的提議，趙哲希毫不遲疑地微笑點頭允諾，我想，他應該非常期待再來找阿洛聊聊吧。

畢竟，朋友眞的是老的好。老朋友之間比較沒有拘束，不需要花太多時間客套，也不用費心討好。有時候，一個微笑背後的涵義，也只有和你熟識已久的老朋友，才能一眼看出你是出自開心喜悅而微揚嘴角，抑或是悲傷的苦笑。

午餐是在阿洛家解決的，阿洛煮了好吃又道地的奶油海鮮義大利麵。

這次，趙哲希不敢再拿阿洛釀的桂花酒當佐餐飲料，一滴也不敢沾。

「要不，我裝瓶讓你帶回去。」

勸酒不成，阿洛好客地拿了幾個空瓶，說要將桂花酒裝瓶讓我們帶回去。

「我平常又不喝，你看看李育蓁要不要，她的酒量是海量，千杯不醉。」

「這個我見識過了，昨天你三杯倒，我看她喝了好幾杯也只是微醺，走路也沒呈現S型，是我見過的女生裡最有酒鬼天分的。」阿洛晃晃手上的空玻璃瓶，問我，「妳要不要帶幾瓶回去喝？這種酒不是便利商店買得到的唷。」

「當然要。」我點頭，笑著，「哪天心情不好，我就拿出來和趙哲希對喝。」

「他這種酒量妳還敢找他喝？他喝沒兩杯就掛了，妳的心事不但沒有出口，還得處理一個爛醉的人，萬一他又吐了一地，妳不是沒事找罪受？」

阿洛鄙夷地瞧著趙哲希，被趙哲希一眼瞪回去。

「幹麼？你那是什麼眼神！很瞧不起唷！」

「對啊，我就是瞧不起你！」阿洛哼著，「你這樣以後結婚時敬酒要怎麼辦啦？總不會叫新娘幫你擋酒吧！」

「要你管！到時候我不會拿其他東西魚目混珠喔？」

阿洛不想理他，逕自拿玻璃瓶裝起酒來，一面裝，還一面對我說：「妳有空再來這裡玩，只要提早跟我說，我一定留房間給妳。這裡兩天玩不夠，下次妳假排長一點，多待幾天才能玩得夠勁。」

「好。」

阿洛裝了五瓶桂花酒給我，又拿了兩瓶給趙哲希。

「這兩瓶是讓你拿回去練酒量的，等你功力大增，我再幫你加量。」

「損友就是這樣，人家都是勸朋友不要喝酒，只有你叫我練酒量。」

「你才笨！練出好酒量才不容易醉，這樣以後出去和人家交際應酬，被灌酒才不會有危險。」阿洛煞有其事地說：「懂不懂呀？傻傻的耶你！」

告別了阿洛，我和趙哲希沿著來的路往回走，這次我不再堅持開車，告訴趙哲希，如果他累了，就換我開車，千萬不要硬撐。

「放心，這麼一點路程還不至於累，我的體力沒那麼差。」趙哲希說：「倒是妳，昨晚那麼晚睡，等等要是累了就先睡一下。」

我點頭，然後和趙哲希隨便找話題聊了起來。

回到台中已經是傍晚時分，趙哲希提議先去吃過晚餐，再送我回家。

於是我們找了間簡餐店，隨便點了兩份餐，兩個人累癱了靠在沙發椅背上，彼此互看了幾秒鐘後，忍不住笑起來。

「妳看起來好累。」

「你還不是一樣！眞奇怪，我們也沒跑多少地方，怎麼會這麼累？」

「因爲昨天晚上喝了酒又晚睡，今天還開了三個多小時的車，所以才會這麼疲倦吧。」

「應該是我們都老了！以前就算熬夜打電動一整晚，隔天還是活蹦亂跳的，現在可不行了，有時只是晚一點睡，第二天馬上倦容就很明顯，非得化厚一點的妝才蓋得過去。」

「妳們女生還好，有化妝品可以掩飾，我們男生可沒辦法化妝，如果一臉疲憊地去上班，還會被同事調侃問前一天晚上做了什麼壞事，怎麼把自己搞得這麼累，眞是百口莫辯，怎麼解釋都會被扭曲意思。不解釋的話，他們會當你是默認。」

「原來你們男生都這麼機車！」

「喂，妳不要一竿子打翻一船人，至少我在男生裡是算優質的，嘴巴才不像他們那麼賤。」

「你哪裡不會？」我馬上反駁，「今天早上在阿洛家你是怎麼說我的？還說嘴巴不賤，你們男生都一樣啦，哼！」

「唉唷，那種玩笑話妳怎麼老是記得這麼牢啦，偏偏有時候交代給妳的正經事，妳就能在轉身瞬間就馬上忘光光。是怎樣，妳們女生的腦袋裡有裝置『自動選擇性遺忘』功能的機器嗎？還會只篩選不好的部分記下來，好的部分就會全部忘光光。」

「哪是！我們也會記住你們男生好的部分啊，不過那都是在失去聯絡之後。只要分開的時間拉長，我們自然會慢慢想起你們好的那一部分，然後把不好的記憶淘汰掉。」

正聊著，我們的餐點就送來了。於是我們兩個人又繼續一邊吃一邊聊。

林至臻曾經問過我，和趙哲希相處會不會很無聊。

「為什麼會無聊？」我記得我那時是這麼回答她的，「他那個人很健談啊，和他在一起永遠都不會冷場，我們總是一問一答聊得很開心，兩個人偶爾還會搶話講呢。」

「是嗎？可是他和我在一起時，並不愛講話，常常都是我問他話，他才簡短回應我。為什麼你們總有那麼多話可以聊，到底都聊些什麼？」

到底都聊些什麼？

我那時沒有回答林至臻的問題，是因為我不知道該怎麼回答她。在那個時間點，我會覺得不管我的答案是什麼，對她而言，都是種傷害。

但我和趙哲希可以聊的話題多到不勝枚舉，好像什麼都可以聊，什麼都不用避諱，甚至有一次，他幫他同事來問我女生的安全期，我也可以毫無障礙地直接回答他，根本不會害羞或不好意思。

偶爾我會想，在這個世界上，像我和趙哲希這種十分聊得來的異性朋友，到底算不算多。

我們這樣，算是正常，還是異類？

我的同事翠薇說，她很少看到像我和趙哲希感情這麼好的異性朋友，重點是，程威宸還可以很放心讓我和趙哲希來往，一點也不會吃醋。

翠薇還說，男生和女生之間，根本就沒有單純的友情，兩個人之間，必定有某個人偷偷暗戀另一個人，否則，這樣的感情根本不可能維持下去，誰會願意花時間在一個根本不可能變成自己男女朋友的人身上，這樣投資報酬等於零的事，除非是笨蛋，不然不會有人會願意做。

我覺得是翠薇偏激了。

因爲趙哲希和我就是很單純的好朋友，我和他誰也沒有愛上誰，我們只是因爲聊得來，所以走得近。雖然沒辦法確定這樣的情誼可以維持多久，但我和他都很珍惜現在，並以年老時還能繼續相約出來吃飯聊天爲目標努力。

也許有一天，我和程威宸緣盡情滅，終究免不了要分手道別，但在心底深處，我卻虔心冀望，趙哲希和我可以持續很久很久，永遠都不要有盡頭，永遠都不要分離。

畢竟，他是我的燈塔，萬一他不在了，我必然會迷航，再也尋不到回來的方向。

所以，你之於我，是如此重要的存在，或許我不曾說過，但你卻不能不知道。

趙哲希送我回到家時，車一停下來，我們就看到有個人從一旁的騎樓陰影處走出來。

是程威宸。

我的心臟漏跳了一拍，臆測著等等被程威宸看見我從趙哲希車上拖出行李，不知道他會怎麼想。

「要下去幫妳搬行李嗎？」

安靜的空間裡，趙哲希率先打破寂靜。他也看見程威宸了，於是眼神裡有某種程度的擔憂，我知道，他在擔心程威宸和我是不是又要吵架了。

「不用，你幫我開後車廂，我自己拿行李就好。」

「你們有事好好說就好，不要動不動就吵架，這樣吵下去，再怎麼好的感情也會吵散的。」

「吵散了你再來追我。」

眞奇怪，這種情況下，我竟然還有心情開玩笑。

趙哲希沒說話，只是淡淡笑著。

然後，我下車，走到後車廂拿出行李，又走到副駕駛座旁，敲敲車窗，待趙哲希搖下車窗後，對他說：「你先回去吧，累了一天了，回去的路上小心。」

「別再吵架了，有話好好談就好。」趙哲希還是很擔心。

「知道了，你先回去吧。」

待趙哲希的車子離開，我才拖著行李箱，假裝沒看見程威宸似地從他身旁經過，掏出大門鑰匙準備開門。

「李育蓁！」

程威宸喚住我，低沉的嗓音裡飽含怒氣。

我開門的動作略略停頓一秒鐘，隨即又裝作若無其事地扭動門把，打開門。

這時，程威宸大步朝我走過來，他用力抓住我拉著行李把手的手腕。

「你幹麼？」我使勁甩開他的手，一雙眼因爲憤怒而睜圓。

「妳爲什麼跟趙哲希出去？你們出去玩？還過夜了？」

「你憑什麼管我？」

我倔強地抬高臉，直視他憤怒的眼睛，一瞬也不瞬地盯著他看。

程威宸非常生氣，他氣得整張臉都漲紅了。我看見他緊握的拳頭，還有手臂上因爲過度用力而浮出來的青筋。

「就憑我是妳男朋友，而妳是我女朋友。」

「你還記得我是你女朋友？」

我憤怒地低吼，眼睛還是死命地注視著他，彷彿只有這樣，我才能控制住自己的眼淚，不會輕易潰堤。

「你昨天把我丟在路邊時，有沒有想起我是你女朋友？你完全不管我死活把車子開走的時候，有沒有想起我是你的女朋友？當我離開這個城市，去到一個沒有你的地方，用一整天時間等你一通電話時，你有沒有想起我是你女朋友？」

可惜，我制止不住自己的傷心，於是眼淚開始撲簌簌地掉，像六月的梅雨季，來得又快又猛。

「我撥打過妳的手機，可是轉入語音信箱。」

程威宸的怒氣稍稍減弱，說話的語氣不再咄咄逼人。

「非得要等到手機沒電了才要打電話嗎？昨天一整天爲什麼不打電話問問我人好不好，在哪裡，要不要過來陪我？程威宸，我不知道爲什麼我們會走到這種地步，是我太獨立，所以讓你覺得我很堅強，堅強到即使你拋下我，我也能生存得好好的？還是因爲我們在一起太久了，久到你已經忘了當初我們爲什麼要在一起，久到愛已經被磨光，只剩下責任？」

程威宸要過來拉我，但被我躲開了。我的眼淚還是一直掉，眼前這個男人，總是有辦法讓我生氣掉眼淚。

「程威宸，兩個人在一起，如果最後只剩下責任，那是很悲哀的事。其實我們沒有婚約，我也不是非嫁給你不可，我從來就沒有要求你對我付出在你身上的青春負任何責任，畢竟，喜歡一個人，是會甘心爲他磋跎青春的。而那些日子裡，我們也是眞的快樂，也是心甘情願陪伴彼此的，不是嗎？」

我一面說，一面抹眼淚，可是淚水卻怎麼樣也抹不乾，它伴著心酸，從我的眼眶裡一直一直掉出來，我哽咽地說：「程威宸，我好累了，我已經累到不想再和你爭吵，也不想再爲我和你可能的未來努力了，我永遠都做不到你眼中希望的那個我，也做不到你父母想像中的那種樣子。我就是我，任性、自我、喜歡大聲講話大聲笑、不喜歡拐彎抹角的那個我，不是你或你父母期望的那種溫柔嫻淑、氣質優雅、乖巧沒脾氣，結婚後可以在家相夫教子的媳婦人選。」

「李育蓁，妳爲什麼要說這樣的話，妳這樣讓我很害怕。」

程威宸悲傷地看著我，那是第一次，我看見他眼底的恐懼，原來他這個人並不是無敵，他也有弱點，而我，也許就是他的弱點。

「我們……我們分手吧！我好累了。」

我看著眼前那張被我眼裡的淚水阻隔而顯得有些矇矓模糊的臉，泣不成聲。

心裡有個角落崩毀了，好像有什麼東西要從體內硬生生地被剝離，酸酸的、痛痛的。

程威宸跑過來抱住我，聲音透著難過，「我不要！李育蓁，我不喜歡妳這麼說，我們一定還有可以努力的空間，一定有的！我們在一起都十年了，十年的感情妳捨得放棄嗎？」

「可是愛情……是不能以時間長短來計算的，感覺不對，就是沒辦法啊……」

程威宸沒再說話，他把臉埋進我的頸項裡，我感覺他在顫抖。

這一刻，我有些心軟了。

看著自己曾經深深喜歡的男生如此徬徨無助，我突然覺得自己很可惡。

也許這就是愛情，它可以成就一個人，也可以毀掉一個人。

幾天後的一個晚上，我照例跑去買了消夜，依然開著我的 mini cooper，來到趙哲希他們公司樓下，提醒趙哲希該下班吃消夜了。

「我還在加班。」趙哲希的聲音刻意壓低，他說：「老總在飆人，我不好意思先離開。」

「有什麼不好意思的？你們老總飆的人是你嗎？」

「不是。」

「那他飆的事情跟你有關嗎？」

「沒有。」

「都跟你沒關係了，你可以下班啦。」

「講得好像妳是我主管一樣。」趙哲希笑出聲，「妳要不要先回家，我等等下班再去妳家找妳吃消夜好了。」

「才不要！我買了超好吃的脆皮臭豆腐喔，是排隊商品耶，等下要是冷了，皮就不脆了啦，你快點下來吃。」我任性著一疊聲地說：「快點快點快點快點快點……」

趙哲希的笑聲從電話那頭傳過來，用著被我打敗的沒轍語氣說：「好啦，等我一下，我收拾一下就下去。」

「耶。」我歡呼一聲，又說：「等你喔。」然後，在趙哲希爽朗的笑聲中結束通話。

不多久，趙哲希下樓來了，他一坐進我的車，馬上皺起眉頭。

「眞的很臭！妳整台車上都是臭豆腐的味道耶。」

「是很香好不好？」我把裝著臭豆腐的盒子遞到趙哲希面前，說：「你認眞聞看看，是不是很香啊？台語的很香怎麼說？」

「香貢貢。」趙哲希回答。

「對！是不是很『香貢貢』啊？」

趙哲希被我逗得大笑起來，拿起我遞給他的筷子，在我的鼓吹下，夾了一塊起來吃。

「怎麼樣、怎麼樣？」我張大眼看他。

「嗯，」趙哲希點點頭，口齒不清地說：「還不賴。」

然後他抬頭看我一眼，接收到我向他投射過去的殺人目光時，馬上改口，「呃，是很好吃啦……」

「哼！算你識相。」

不管受了什麼委屈，好像只要向你傾訴，傷就會好一半，這到底是什麼緣故呢？

後來，我把那天從宜蘭回來時發生的事對趙哲希說，包括我向程威宸提分手這件事。

「所以，你們和好了？」趙哲希問。

「算是。」我點頭，沮喪地說：「我根本就很難拒絕他，尤其是看他那副悵然若失的模樣，無助得像個小孩子，我就覺得我很過分，爲什麼明知道說出那種話會傷害到他，我居然還是講得出來。」

趙哲希沒有開口批評什麼，只是安靜地吃著我遞給他的脆皮臭豆腐。

「喂，趙哲希，我在想啊，要是哪天我和程威宸真的鬧翻了，但一提分手，他就又露出那種好像沒有我就會死掉的神情，我會不會根本就狠不下心來和他分手，結果兩個人就這樣一直吵吵鬧鬧到踏進墳墓的那一天？」

我是很認眞思考過這件事，也曾經爲此苦惱，這並不是我想要的未來。

「這樣也不錯啊。」趙哲希異常樂觀地說：「吵吵鬧鬧一輩子，總比相敬如冰過一生好吧？」

「我覺得一點也不好。」我說：「我想要的未來，是笑得很吵鬧的那種未來，我希望的老公，也不是像程威宸這樣凡事認眞嚴肅，一點幽默感也沒有的老公。」

「那妳夢想中的老公是什麼樣子？」

「像你這樣子的。」

「啊？」

大概是我的話讓趙哲希太震撼了，他手上的筷子一時沒拿好，本來用筷子夾住的臭豆腐，掉到副駕駛座的腳踏墊上，塞在豆腐裡的蔥花於是灑了一地。

我急忙抽了幾張面紙遞給趙哲希，他也手忙腳亂地彎腰撿拾那些蔥花。可惜，蔥花雖然撿乾淨了，腳踏墊上卻沾到些許的調味料。我皺起眉頭。

「唉唷，趙哲希，我看你這個假日要來我家幫我洗腳踏墊了啦，你看都髒了，深色的調味料很難洗掉呢。」

「好啦，反正這個週末我沒事，妳看要約在什麼時間，再跟我說吧。」

「那我可不可以順便請你整部車都幫我洗？」我得寸進尺地請求。

「不可以。」趙哲希斷然拒絕。

「唉呀！有沒有這麼沒良心？我可是常常開著我的小 mini 送消夜來給你耶，你怎麼可以直接拒絕我？這樣小 mini 會很傷心呢，它一傷心，也許以後就再也不想來你們公司樓下，你也沒辦法再吃到愛心消夜了唷。」

趙哲希看了我幾秒鐘，我還故意露出無辜又乞求的可憐眼神，趙哲希一下子就投降了。

「好啦……」

「哇，趙哲希，你是全世界最棒、最好、最重義氣的好人啦……」我歡呼著，「那就星期六啦，星期六我要睡覺到中午才會起床，那下午你再來我家幫我洗車吧。」

趙哲希看著我歡天喜地的模樣，忍不住搖頭，說：「要是我以後女朋友也像妳這樣，我肯定會累死。」

「才不會！」我用篤定的語氣說：「你以後女朋友絕對不會像我一樣。」

「妳怎麼知道？」

「因爲你是我專門使喚的男傭，我怎麼可以忍受別的女生使喚你呢？爲了杜絕這樣的慘劇發生，我一定要嚴格把關，太有侵略性的、太嬌貴的、太有主見的、太懶惰的……這些女生，只要她們意圖接近你，我就通通把她們逼退。」

「我怎麼覺得妳說的那幾點，除了太嬌貴之外，其它都是妳身上有的？」

趙哲希又接了我一記白眼。

「好啦，算我沒說。」

趙哲希被我充滿殺氣的眼神震退，只好低下頭，繼續安靜地吃起臭豆腐。

「今天要我送你回家嗎？」見趙哲希上班上得這麼辛苦，我忍不住問他。

「當然要。」趙哲希一點也不客氣，他咬住筷子，對我笑得心無城府，「我累了一天啦，有專車接送，我當然盛情難卻。」

我發動車子，依然不忘要潑他冷水，「其實小黃也是可以專車接送的。」

「我才不要坐小黃。」趙哲希衝著我咧開嘴角，耍賴地說：「我喜歡坐有美女司機的小mini，其他的都不稀罕。」

「最好是！」我啐了一聲，被他逗笑了。

「說到接送，喂，妳男朋友沒有阻止我們兩個人見面啊？」

「幹麼阻止？」我不明白他爲什麼要這麼問。

「他不是爲了我們兩個人去宜蘭度假的事跟妳吵？照理來說，男生通常都不能接受自己的女朋友和別的男生出去啊。」

「你忘了嗎？他是程威宸耶，程威宸他最自豪的是什麼？」

「什麼？」

「自信！」我說：「他那個人全身上下就是充滿自信，他覺得全世界都該繞著他轉，他就是王道！所以他對我很有自信，也覺得你根本不是他的對手，對一個不是對手的男生，他還需要設防什麼嗎？」

「你們果然是一對！」

「怎麼說？」

「妳也是自我中心型的女生啊。」

我突然明白為什麼我和程威宸有那麼多架可以吵了。

「那很慘。」我有些惆悵。

「其實也還好！」趙哲希夾了一塊臭豆腐問我要不要吃，我點頭，他就把臭豆腐送進我嘴裡，繼續說：「其中一個人很堅持某件事時，另一個人只要懂得適時退讓，感情就能再走下去。」

「但我通常都不肯退讓耶。」我苦惱地說。

我爸和我媽都說過，我的個性太男孩子氣，對很多事太固執，又不肯服輸，他們說，我這樣很容易吃虧，不管是在自己人生裡，或是在未來的婚姻生活裡。

可是偏偏我就是沒辦法放低姿態。

不管是在哪一方面，我總是覺得，退讓了，就是認輸了。

「我知道。」趙哲希摸摸我的頭，「妳太好強了！可是有的時候，太過於好強，對女生來說比較不好。」

「我媽跟我說過。」我點頭，「但我就是沒辦法嘛！這種個性跟了我二十幾年了，哪可能說改就改。」

「沒有改不過來的習慣，就看妳有沒有心，只要一步一步來，就一定能成功。」

我趁著停紅燈時，轉頭看著趙哲希，一瞬也不瞬地望著他。

「幹麼？」最後，他忍不住問：「我說錯了什麼嗎？」

「你剛才是不是用你的手摸我的頭？」我牛頭不對馬嘴地問。

「是啊，怎樣？」

「你那隻手剛才是不是撿過掉下去的蔥花？」

趙哲希舉起自己的兩隻手，放在眼前看了，接著點頭，「對啊，怎麼了？」

「唉唷，你很髒耶！」我叫起來，順勢抽了張面紙往自己的頭髮拚命擦，「人家今天下午才剛蹺班去洗過頭，萬一頭上有蔥花的味道怎麼辦啦？我不想要晚上睡覺時，一直聞到蔥花的味道……」

趙哲希瞬間爆笑出聲，「有這麼誇張嗎？」

我沒理他，繼續用力擦著自己的頭髮，一面擦，一面還嚷著等等回去一定要洗頭，不然我會有心理障礙，晚上肯定睡不好覺。

「我來。」趙哲希受不了地拿過我手上的面紙，輕輕地幫我擦起頭髮來，一邊擦還一邊溫柔地說：「妳的頭髮那麼細，妳還這麼用力擦，髮絲會受損唷！大不了回去再洗個頭就好，沒必要擦這麼大力，不過要記得把頭髮吹乾，頭髮溼溼的就去睡覺，很容易感冒。」

我怔忡地看著趙哲希，被他突如其來的舉動嚇到，但不知道爲什麼，心底卻覺得很感動。

他的動作非常輕柔仔細，彷彿擦的並不是我的頭髮，而是一個易碎的瓷器。

心，在這一刻，並不寧靜。

我不知道，不寧靜的原因，是因爲他觸碰著我的頭髮，還是因爲他和我過度貼近的距離。

也許，心不寧靜的原因，是因為我其實也喜歡你，只是我自己並不知道。

直到後面傳來汽車的喇叭聲，我才突然回過神來，看見眼前的綠色燈號。

重新踩了油門，我覺得我必須找些話說說，不能讓這種曖昧的氣氛持續下去。

我害怕失控的感覺。

「今天在公司，翠薇問那些男同事，會不會在女朋友或老婆下班很累時，幫她洗頭和吹頭髮，你猜那些男生怎麼說？」

「怎麼說？」

「那些色狼說，如果是女朋友，當然就義不容辭。但如果是老婆，就叫她自己去處理。」

趙哲希聽了哈哈大笑，說：「果然是男生的標準答案。」

「那你呢？你會嗎？」

趙哲希坐正身子，把手上的面紙放進腳邊的小垃圾桶，回答我，「當然會啊。」

「是會幫女朋友洗頭，還是幫老婆？」

「結婚前當然是幫女朋友洗，結婚後，自然是幫老婆洗囉，只不過是洗頭和吹乾頭髮而已，不是太難的事。」

「但有的男生覺得很麻煩，尤其是吹頭髮。如果女生的頭髮太長，他們可能會吹到抓狂，大概因為男生都是短頭髮，吹頭髮花不到幾分鐘的時間，可是女生就不一樣。」

「我倒是覺得還好。」趙哲希認真地說：「那是一個男生對他喜歡的女生的一種愛的表現，我覺得這樣很浪漫。」

「可是程威宸從來沒幫我吹過頭髮。」我哀怨地說。

趙哲希安慰我，「可能是沒機會吧！也許等你們結婚後，他就會囉。」

「喂，趙哲希，我問你一個問題喔。」

「什麼？」

「你覺得，如果我以後嫁給程威宸，會幸福嗎？」

「妳為什麼這麼問呢？」

「因為現在我很徬徨，也很矛盾，我不想嫁給他，也不想傷害他，我老是覺得，以後如果我們結婚了，一定不會幸福。和他在一起太累了，他有好多規則是我沒辦法遵守的，我也有好多自己的堅持，是他沒辦法認同的。和一個沒辦法互相認同的人一起生活，是很辛苦的。」

趙哲希沒再說話，他只是安靜地坐在我身旁，直到車子開到他家門口。

「回去的路上小心。」開了車門後，趙哲希輕聲對我說。

「嗯。」我點頭，心裡有一股莫名的不捨，好想再和趙哲希聊下去，他總是能讓我笑，讓我不再徬徨失措，他就是有讓我平靜下來的魔力。

「喂，趙哲希……」

不知道為什麼，我開口叫住他。

於是，趙哲希又坐回車裡，掉頭看我，「怎麼了？」

「謝謝你。」

「謝我什麼？」

「謝謝你是我的朋友，好朋友。」

「傻瓜！」

趙哲希又扯開好看的笑容，他一笑，我也被他臉上的笑意感染了好心情。

「如果有一天你交了女朋友，我一定會祝福你，也會在她面前說一堆你的好話，不會像剛才說的那樣把她趕跑。」

「可是，萬一妳不喜歡她呢？」

「我還是會幫你說好話，因為……她是你喜歡的人，所以，我一定要強迫自己也喜歡她才行。」

「其實，妳也不用這麼委屈。」

「我覺得這並不是委屈，因為那是你珍惜的人，所以我也要試著去珍惜，就像程威宸是我喜歡的人，所以你不會討厭他，並且試著去發掘他身上的優點，告訴我要懂得珍惜擁有。」

回到家，梳洗過後，我躺在床上，才想起忘記要洗頭。

不過，卻已經累得不想再動了。

我想起趙哲希，想起他靠近我，用面紙溫柔地幫我擦頭髮的那一幕，心臟，又開始不安分地鼓動起來。

這是怎麼一回事？我覺得自己變得好不正常！

手機響起時，我已經差不多快睡著了。

「是我。」趙哲希的聲音從電話那頭傳來，我依然閉著眼，躺在床上蜷曲著身子聽他說話。

「怎麼了？」

「剛才打妳電話，妳沒接，想說妳可能在洗頭，所以現在才再打來……妳該不會在睡了吧？」

「差不多快睡著了，怎麼啦？」

「沒事，只是想確定妳是不是安全到家了。」

我忍不住笑出聲來，「你很愛窮緊張耶，怎麼你比程威宸更像我男朋友？他從來就不會擔心我是不是安全到家了，偶爾突然想到，才會打電話確認我是不是平安。放心！我開車技術不錯，更何況你家離我家又不遠。」

「只是沒接到妳電話不太放心，所以打電話來問問妳。」

「你應該多把心思放在那個你想追求的女生身上吧！別浪費太多時間在我這個名花有主的人身上。怎樣？你和她有沒有什麼進展？」

「不就是這樣。」

「這樣？這樣是怎樣？」

「人家是有男朋友的人，所以妳說呢？」

聽見他的回答，我忍不住想取笑他，「趙哲希，基本上，我覺得你這個人挺可憐的耶。」

「幹麼這麼說？」

「世界上女生這麼多，你怎麼老遇到有男朋友的女生呢？比如我，比如她，都是名花有主的女生，你實在不用浪費太多時間在像我們這種人身上，我倒是還好，畢竟是朋友，還說得過去，但是她，除非你已經想來個橫刀奪愛，有當第三者的打算，不然我覺得你還是放棄好了，備胎不是那麼好當的。」

「我又不是她的備胎。」

「怎麼？她連讓你當備胎的機會也不給？」

「不是，是她根本就不知道我喜歡她。」

「啊？」我驚訝地叫了一聲，本來閉著的眼皮很自然張開來，盯著黑暗裡的房間天花板，不可置信地說：「趙哲希，你想當情聖嗎？」

「我只是不想讓她爲難。」

「這種笨事眞的只有你做得出來。」

「喜歡一個人是笨事？」趙哲希笑著，「那李育蓁，妳可是做了好幾年的笨事呢。」

「哪有啊？你亂說！」

「不知道是誰喔，當初偷偷喜歡一個男生喜歡了好幾年。」

他說的，是當年我暗戀程威宸那件事！眞後悔，我當初幹麼要誠實地對他全盤托出，搞到現在換他來嘲笑我！這是不就叫自作自受？

「都多久的事了還拿出來講，眞老調，沒創意。」

「有些事是歷久彌新，有些過去就像酒一樣，是愈陳愈香。」

「咬文嚼字得讓人好討厭。」

我假裝生氣地說，卻使趙哲希笑得更大聲。

「這麼 high，小心晚上睡覺作惡夢。」我嘴壞地詛咒。

你說，你並不是為了要戀愛才喜歡她，我突然發現，我好嫉妒她。

隔天，我一臉疲憊地開車去趙哲希家樓下，準備接他去上班。

趙哲希一上車，看見我先是一愣，接著笑起來，「哇！妳的黑眼圈是怎麼回事？」

「還不是某人害的。」我惡狠狠地瞪他。

昨夜和他聊了一夜，到半夜才睡，偏偏早過了我的入睡時間，結果我就這樣無法入眠地睡睡醒醒直到天亮。

最慘的是，昨夜我居然還很重義氣地答應趙哲希今天早上要來載他去上班。

一夜沒睡好已經很可憐了，我竟然還爲了信守承諾，讓自己比平常早一個小時起床。這都要怪趙哲希他們公司，沒事比我們公司早一個小時上班。

「不然換我開車好了，妳可以在一旁閉眼休息一下吧。」

「不用啦，又不是多遠的路程，我來開就好。」

「那我的安全是否有保障？」

斜眼睨了一眼這個幸災樂禍還愛說風涼話的趙先生，我淡定回答，「放心，我有加重車上的第三責任險，當我的乘客都很有保障，萬一不小心死掉或殘廢了，保險金一定不會讓對方和家屬失望的。」

「還說妳對自己的開車技術很有信心，有信心還保那麼重的乘客險！我覺得我的生命受到威脅了，請問是否可以讓我下車？」

「來不及了。」我油門一踩，不給他任何逃脫的機會，「爲了確保閣下的安全，請繫好安全帶，謝謝合作。」

「果然最毒婦人心。」

一整天，我嚴重精神不濟，還好一早在泡茶間時，翠薇看見正在泡咖啡試圖藉由咖啡因提振一下精神的我，義無反顧地答應要幫我 cover 今天的工作。

「工作進度的事就交給我吧。」翠薇十分熱心地攬下工作。

我頗不好意思地說：「可是這樣妳工作量會增加很多。」

「也還好，反正平常妳也幫我很多呀，別想太多，工作本來就是互相的，說不定哪天我有狀況，也會需要妳幫忙呢。」

翠薇拍拍我的肩膀，笑得誠摯，讓人很難拒絕她的好意。

一整天，我就像個病人一樣，幾乎都坐在自己的座位上偷偷打瞌睡，不像平時那樣整間辦公室來來去去地走動。

中午，程威宸打電話來，問我晚上要不要和他去吃晚餐。

「可是今天我很累，下班想要早點回家休息。」

我撐著重到不行的頭，有氣無力地拒絕程威宸的邀約。

「怎麼了？感冒了嗎？」程威宸有點擔心。

「沒事，只是昨天晚上沒睡好。」

「還是妳下班時，我先繞過去你們公司接妳回家？」

「不用啦，反正公司離我家也不遠，我自己開車回家就好了。」

程威宸嘆了一口氣，說：「李育蓁，有時候我真的希望妳可以不要那麼愛逞強，偶爾在我面前示弱一點、依賴一點，會讓我覺得自己更像男人一些。」

我有些啼笑皆非，程威宸的說法令我覺得奇怪。

「很多男生都希望自己女朋友可以獨立一點，不要那麼愛黏他，怎麼你跟別人不一樣？」

「但妳已經獨立到讓我覺得妳根本就不需要我，這讓我有點挫折，好像就算沒有我，妳依然可以一個人好好的。」

隱約之間，我感覺程威宸好像變得不一樣了，可是說不上來爲什麼，我並不喜歡他的改變，我覺得我們以前那樣的模式很好，可以互相依靠，也能保有自己的生活空間。

「可是程威宸，」我語重心長地說：「我就是這樣，雖然也有脆弱和無能爲力的時候，但我會自我療傷，我會自己找到出口，偶爾我也會想要你的擁抱，可是大部分時候你都很忙，所以，我已經有自己的一套療癒方式，我覺得自己這樣很好，不依靠你，也不會造成你的煩惱或負擔。」

程威宸又嘆了一口氣，掛電話前，他只說了句，「我懷念以前的妳。」

望著已經沒有任何聲音的手機，我怔了怔。

以前的我是怎樣的一個我，我已經記不得了。

然後，我想起趙哲希，於是按下手機快速鍵。電話響了很久才被接起。

「喂，趙哲希，有沒有在忙？」

「有一點，怎麼啦？」

「沒什麼特別的事，只是我遇到一個問題想要問問你。你覺得……以前的我，是怎麼樣子？」

「幹麼這樣問？」

「程威宸剛才打電話給我，說他懷念以前的我。」我說：「可是我已經想不起來以前的我是什麼樣子了。」

「他幹麼這樣問？你們又吵架啦？」

「沒有。只是他覺得我太獨立，不依賴他，他覺得自己不像男人。」

「哈哈，這種說眞特別。」

「你不是也說過我很男孩子氣？男生眞的比較不喜歡女生堅強獨立嗎？」

我疑惑了，男生不是老覺得女生很囉嗦嗎？他們不希望女生煩他們，更別像橡皮糖一樣黏著不放。可是，爲什麼我的獨立，在他們眼中看起來，又變成一種罪惡？

「看情況吧。」趙哲希回答我，「有的時候，女生嬌弱一點，會激起男生的保護慾。」

「可是我沒辦法矯情裝柔弱。」

「所以這是妳的個人風格啊，並不是全部的女生都喜歡當公主。」

「但程威宸好像比較喜歡公主。」我有些沮喪，「他說懷念以前的我，難道以前的我比較像公主嗎？」

「我不知道以前的妳在程威宸面前是不是公主，但在我的印象裡，以前妳的確比較像小女生，好像比較容易依賴，很多時候，不管要去哪裡都要人陪。但現在的妳，也許是因爲經過了社會的歷練，再加上學會開車，所以變得更加獨立，即使程威宸不在身旁，很多事妳都可以自己處理得很好。」

「老實說，我比較喜歡現在的自己，雖然偶爾還是會想起以前的事，懷念以前的美好時光，可是，我不想再回到從前。」

「我也比較喜歡現在的妳。」

「嗯？」

「自信、堅強、獨立，擁有自己的一套邏輯和價值觀，現在的妳，是以前的妳比不上的。」

「謝謝你，趙哲希。」我笑了，方才的疑慮一掃而空，「全世界只有你才看得到我的優點。」

因為成長、因為蛻變，所以我也喜歡現在的自己。

我和程威宸，陷入前所未見的僵局。

因爲不放心，所以他在我下班時，到公司樓下接我下班，偏偏他沒跟我說，而我下樓準備去停車場開車時，才走出辦公大樓門口，就看到趙哲希的車子停在大樓外的停車格裡。

我跑過去，人還沒到，車窗已經搖下來了。

「你怎麼來了？洽公？」

我朝趙哲希綻出一個大大的笑容，他氣定神閒地淡淡微笑，然後側身開了副駕駛座的車門。

「上車，今天換我當司機送妳回家。」

「咦？怎麼這麼好？」

我坐進去，發現他在置杯架上放了一杯熱咖啡。

「給妳喝的。」他順著我的目光望過去，看見那杯咖啡後說：「睡眠不足很容易頭痛，聽說頭痛時，喝咖啡能減緩症狀。雖然我不知道根據從何而來，也不知道有沒有效，如果沒有用，就當作是我請妳喝咖啡吧。」

拿起咖啡，我向他舉杯，笑著，「雖然我沒有頭痛症狀，不過，還是謝謝了。」

趙哲希發動車子，問我，「今天還好吧？」

「不太好。」我啜飲一口咖啡，讓濃郁的香氣在嘴裡漫延開來，「我以後不要再和你講電話講那麼久了，現在年紀大了，已經沒辦法熬夜，只要熬夜一天，至少要用一個星期才補得回來，超級不划算。」

「昨天明明是妳抱著電話講不停，我至少問了妳五次以上要不要睡，妳一直跟我說妳精神還好，不是太累。」

「誰叫你那個時間來電，人家本來睡了，可是基於朋友道義，只好陪你聊，哪曉得會愈聊愈有精神？要不，我們約定好，以後只要過了十一點，就不要打電話給對方，怎樣？你敢不敢！」

「我OK啊。」趙哲希不以爲意地聳聳肩，「反正我孤家寡人一個，除了工作的事，也沒什麼需要煩心，反倒是常常嚷著要倒垃圾的人是妳，又說在夜深人靜倒垃圾最棒，還可以肆無忌憚地講程威宸壞話。」

我聽趙哲希這麼說，馬上後悔了，「好嘛，那取消那個十一點不打電話的約定好了，我怕我要是不找你聊一聊，遲早要生病發霉的。」

趙哲希送我回到家，和我約定明天一早來接我去上班，就離開了。

我看著他的車尾燈消失在路口，才從包包掏出大門鑰匙，正要開門，一聲車長長的剎車聲引起我的注意。

回過頭去，只看見程威宸怒氣沖沖地從車上出來，衝到我面前。

我被他突如其來的舉動嚇到說不出話，就這樣看著他不知爲什麼憤怒的臉，半晌，才怯怯開口，「怎麼了？」

「怎麼了？妳居然問我怎麼了！」

程威宸不是沒對我生氣過，但這麼大聲吼還是第一次。

「我不懂你生什麼氣。」

「是我給妳太多自由，多到妳可以爲所欲爲，還是妳根本就不在乎我，不在乎這段感情？我對妳真的很失望，我們的承諾，那些說好的全心全意呢？我覺得妳根本就不在乎！」

我還是一頭霧水，不明白到底發生了什麼事。

「程威宸，你到底怎麼了？」

程威宸深吸一口氣，依然很生氣，「我看見妳上了趙哲希的車。」

對於他生氣的原因我恍然大悟，同時也覺得他小題大作。趙哲希和我常常會互相送來送去，這件事他也不是不知道啊，以前他都無所謂，怎麼今天突然像哪根筋不對了一樣發脾氣呢？

「我也不知道他會來，剛才下班時看到他的車，以為他是來洽公。他說他今天沒加班，經過我們公司，就順道來載我，這不是很平常的事嗎？你為什麼這麼生氣？」

我當然不敢實話實說，所以刻意隱瞞了一些事實，要是被他知道趙哲希是刻意到我們公司樓下等我下班，我和程威宸肯定又有一頓架好吵了。

「我覺得妳從宜蘭回來，就變得怪怪的，好像刻意在逃避我，我不知道我們之間到底出了什麼問題，是妳變了，還是我們的愛情不見了。」

程威宸神情痛苦地說，此刻的他，已經沒了方才的劍拔弩張。

「你想太多了，一切還是和以前一樣，沒有改變啊。」

我一面安慰他，一面開了大門，問他要不要進來坐坐，我告訴他，我媽看到他一定會很開心。

程威宸搖搖頭說：「不用了，我這個樣子去你們家，應該會嚇到妳媽媽吧！」

「別想那麼多，我媽那麼喜歡你，就算你今天走頹廢風，她還是會說你很性格、很帥。」

我試著和他開玩笑，可是程威宸不肯賣我面子，要是趙哲希，他一定會嘻嘻哈哈地笑起來，搞不好還會很臭屁地說：「這是一定要的啊！」

「眞的不進去坐坐嗎？那要不要我陪你去吃點東西？你本來不是要約我今天吃晚餐嗎？還是我們現在去吃點東西，好嗎？」

「好。」

於是，我坐上程威宸的車，在車上打電話給我媽，向她交代行蹤，免得她這個愛緊張的等等打電話來唸我。

程威宸和趙哲希不一樣，趙哲希和我都是路邊攤愛好者，但程威宸自從出社會工作後就只吃餐廳，最底限的接受範圍，是在簡餐店用餐。

曾經有一年的情人節，因爲他忘了訂位，又要約我去吃飯，偏偏那天所有餐廳的情人餐都已經被預訂了，我們兩個人就這樣一路開著車，一間又一間餐廳地問，直到將近九點，兩個人餓到已經前胸貼後背，都還沒吃到任何東西。

那時我餓得受不了，便提議去逛夜市，告訴程威宸，吃夜市大餐也是一種浪漫。可是程威宸不肯，他嫌路邊的東西衛生一定有問題。

我又提議去以前學生時代常去吃的牛排餐館吃平價牛排，程威宸還是不肯，他覺得那裡沒氣氛，牛排也不好吃。

那個晚上，我連續提了好幾個地方，全被他否決掉。

最後，我火了，覺得自己很可憐，肚子都這麼餓了，男朋友還堅持要什麼浪漫。我這個人有個毛病，肚子一餓，火氣就特別容易上來，要不是看在程威宸這麼努力找餐廳吃飯的分上，我的情緒肯定馬上暴走。

只是最終，它還是暴走了。

那次，我們兩個人口角很嚴重，整整耗了兩個星期的時間才修復感情。

從那次之後，我就知道程威宸吃飯是非餐廳不吃的。雖然有時受不了他的堅持，但多少還是能容忍一下他的龜毛。

從車上到餐廳，除了點餐時，程威宸有禮貌地問我想吃什麼東西，其他時間他都安靜不說話，陰鬱的神色，讓我看了有些擔心害怕。

他心情不好，我自然也乖乖閉上嘴巴，不想自討沒趣地找他說話，免得被打槍挨訓。

送我到家，程威宸在我下車之後，搖下車窗對我說：「妳……別再見趙哲希了吧！我不想再看見他和妳走得那麼近，我總覺得，我們兩個人總有一天，會因爲他而分開……」

你曾經說過，愛如果夠堅定，緣分就牢不可破。

為此，我們兩個人在我家門口大吵一架。

直到我爸和我媽聽見聲音衝出來，我爸把我拉進屋子裡，我媽把程威宸勸回家，才終止兩個人的戰爭。

我爸看著走進廚房拿水杯，又走到餐桌旁裝水喝的我，深深嘆了口氣。

我知道，這樣的我讓他擔心了，可是我不想爲自己的行逕解釋什麼。

倒是我媽，一進屋就衝到我面前，一副責備的口吻問我，「李育蓁啊，妳是怎樣？大半夜在我們家門口和程威宸吵架，妳是擔心妳的名聲不夠大，還是怕左鄰右舍不知道妳的嗓門大啊？沒規沒矩，一個女孩子嚷得像菜市場的攤販一樣大聲，妳不會不好意思，我都替妳丟臉了。不然你們到底是在吵什麼啦？」

「妳不要管我啦！」

我轉過頭去，不肯看我媽。她不死心地又繞到我面前來，看著我，繼續嘮叨，「對啦，女孩子長大了就是這樣啦，小時候遇到事情就『媽媽、媽媽』地叫著搬救兵，現在長大了，就左一句『妳不要管啦』，右一句『唉唷，妳不懂啦』……是啦！我是什麼都不懂，不過我就懂得妳這個什麼事都要爭到贏的死脾氣，不能勸、不能講、不能問，妳是我生的，難道我會比別人不了解妳？」

「媽！妳可不可以不要再說了？我眞的很煩……」

我嘴一扁，眼淚就掉下來了。

我媽本來還想再說什麼，但我爸跳出來阻攔，他把我媽拉回房間去，我站在原地，拿著水杯，眼淚一滴一滴地掉進杯裡，綴出一圈又一圈的漣漪。

爲什麼全世界的人都不懂我？他們不明白我單純的祈望。我只是希望一段平順快樂的愛情，一個懂我的男朋友，還有一個願意分享我點滴心事的知交。

可是，這麼簡單的冀求，卻是那麼難。

之後整整兩個星期，程威宸就像突然從地球上消失了一樣，音訊全無。

我沒撥打他的手機，他也沒找過我。十年的感情就這樣戛然而止，沒有拖延，毫無戀棧。

一切，彷彿緣盡情滅，結束得如此自然而然。

「妳眞的不打電話給他？」

趙哲希坐在熙來攘往的街頭，手上捧著一盒章魚小丸子，和我一起分享他剛買來的美食。

我搖搖頭，說：「不想！我覺得這次我沒有錯，是他太無理取鬧。」

這兩個星期，除了吵架那天晚上我在家裡廚房哭過，後來我沒再掉過一滴眼淚。

只是，沒哭不代表心情好受，這兩個星期，我瘦了三公斤。

「但我覺得妳沒有必要爲了我和他吵架。」

趙哲希用叉子叉了一顆章魚丸子給我，我接過來，看著自己的鞋尖，疲憊地回答他，「趙哲希，雖然之前我都會開玩笑地說，萬一我有了新對象，在新男朋友不認同的情況下，我一定會和你保持距離。可是，實際上並不是這樣。」

我輕輕嘆了一口氣，認眞地說：「對我來說，你很重要。如果把你和我的愛情一起放在天秤上，那麼你的重量和我的愛情是一樣的！所以，我不想爲了愛情失去你，也不想因爲你，失去我的愛情。」

「但是，這兩種東西，畢竟不能同時擁有。」

「我知道。」我虛弱地回應，「所以我才會這麼無力，根本就不衝突的兩段關係，爲什麼就是不能同時擁有？」

「因爲在乎，所以不得不防範。」

「趙哲希，」我抬頭看著他，「是不是如果我選擇程威宸，就必須放棄你？」

趙哲希看著我，深深凝望的眼神裡，有太多我不懂的複雜情緒。

良久，他開口，「也許是。」

「那你會恨我嗎？」

趙哲希搖搖頭，笑得溫暖，「我支持妳所有決定。」

「包括放棄你，成全我的愛情？」

「是的！包括放棄我，成全妳的愛情。」

這一刻，我忍了兩個星期的眼淚突然潰堤了。

「你為什麼要對我這麼好？好到讓我覺得我是個很可惡的人！」

我把臉埋進手心裡，哽咽的聲音從指縫間鑽出。

「因為妳是我最重要的好朋友。」趙哲希的聲音響在耳畔，宛如絕響，「如果這個世界上還有什麼東西是我在乎的，那麼我最在意的，就是妳的幸福快樂。」

那天晚上，程威宸打電話給我。

「我在妳家樓下，要不要出來陪我走一走？」

我花了三分鐘的時間整理自己，帶著一股莫名的緊張走下樓，就像我和他初次約會一樣，我想，那是一種類似近鄉情怯的心情。

走在有些涼意的街頭，我和程威宸誰都沒有開口說話，只是腳步一致地緩慢走著，經過附近的小公園，我抬頭望見原本火紅的鳳凰木，花朵都已經凋零了。

夏季就快過完了。

這個夏天，發生了好多事，就像在我們三個人的生命裡，上演了一部短篇的微電影。

夾帶著難捨、心酸，與掙扎的反覆情緒，交織著我們三個人的故事。

「已經快進入秋天了。」

程威宸安靜了好久，突然開口說話。我抬頭，瞧見他臉上略顯疲倦的憔悴，心頭猛然一緊，心疼原本總是意氣風發，好像什麼事也難不倒的程威宸，居然爲了我，變成這副德性。

程威宸沒有看我，依然看著遠方，輕聲說：「十年前，我就是在這裡，在同樣夏末初秋的季節向妳告白的。」

像一把鑰匙突然打開心頭某個緊緊鎖住的心房，我的心情再也平靜不下來。

眼淚似雨，我看著程威宸，發現原來自己對他還有愛。

那天夜裡，回家後，我打電話給趙哲希，聽見他揚著睡意的聲音。

「你睡了嗎？」我說：「對不起，是不是吵到你了？」

「剛入睡，沒關係，妳說。」

依然是溫柔的聲音，這個聲音伴隨我多少個日日夜夜，總是在我難過時輕聲安撫，在我開心時，努力爲我歡呼。

「今晚，他來找我了。」

電話那頭有片刻的沉默，接著他說：「那很好啊，你們和好了嗎？」

「嗯。」

「這樣妳就不用再愁眉苦臉，我也不用擔心了。」

「可是……」

「怎麼了？」

我的眼淚再也忍不住，抽噎起來，「趙哲希，你是我最好、最好的朋友，你知道嗎？」

「妳怎麼了？」他的聲音依然溫柔，卻透著些許擔憂。

「你說過，不管我作任何決定，你都會支持我，也不會恨我，對吧？」

「對。」

「那……我們、我們不要再見面了吧……」

原來世界上最殘忍的事，莫過於生離死別，而我卻在面對時才知道。

嘿！你知道嗎？最近我總想著，為什麼人要有這麼多煩惱和憂慮，彷彿這是人類來到這個世界的必要配備。不管是多快樂的人，總有自己不為人知的憂愁。

人生，就像不停走在十字路口的迴旋，每一刻、每一分、每一秒，都在抉擇。有的決定，讓人歡欣鼓舞；有的決定，讓人痛心疾首。

然而，大部分時候，我們都在後悔自己當初的決定。

就像你和程威宸之於我，也是不斷地在抉擇中拉扯，向你走近一步，就會離他遠一步；向他前進一點，就會離你遠一點。

我是貪心又自私的人，總希望能夠成全自己的愛情，也希望能成就我和你的情誼。這兩方面，我都不想失去。

可是你說，魚與熊掌，不可兼得。

如果你是女生那有多好！我們必然不用面對這許許多多紛爭。

我曾經這麼向你說過，那時你只是笑笑，說：「如果我是女生，那我們的感情肯定不會太好。」

「為什麼？」我問。

「因為異性相吸、同性相斥。」

那時，我不懂為什麼你要這麼說。

直到你離開，直到我再也不能見到你，直到我開始懷念我們共同的生活，我突然有了一點點的領悟。

從那些回憶裡，找到你遺留下來的蛛絲馬跡；從那些懷念中，溫習你給的點點滴滴。

終究，我還是後悔的。原來不管我選擇哪個方向，只要不是通往你的方向，心，就注定要留下遺憾。

我才明白，自己之所以能夠快樂，是因為有你。生命之所以會飽滿豐富，也是因為有你。

你給的，總是我比想像的要多許多，而我，卻是在你離開後才知道。

第四章　久別的相逢

我和趙哲希失去聯絡了。

因爲程威宸，因爲我的愛情，因爲那個令我徬徨無措的未來，我犧牲了趙哲希。

我曾經說過，就算冒著失去愛情的風險，也要繼續堅持守住趙哲希這個朋友，可是，我失信了。

我是個大騙子！我好討厭我自己！

爲了自己的愛情拋棄朋友的人，並不值得同情，也不值得憐惜，所以，我厭惡我自己。

程威宸開始每天送我上下班，就像起初相戀時那樣守候著我，一心一意，亦步亦趨。

面對他時，我總是笑著，假裝自己很幸福，假裝我很喜歡這樣的生活。

只是，夜深人靜，當自己對自己剖白，我才明白自己有多寂寞。

因爲趙哲希不在了。

他不在，什麼都不好，也好不了。

我才知道，原來他的存在，是如此必然的重要，他總是能讓我看見我自己，能讓我聽見自己心裡的聲音。

時序走入秋天，不再如夏日般炙熱，夜涼如水。

「記得明天七點吃飯，妳下班後先回家梳洗一下，我六點半來接妳。」

送我回家時，程威宸這麼說。

明天是他爸生日，他們訂了餐廳要一起吃飯，據說，這次連他遠在國外的姑姑一家人都會回來，還有住在台北的幾位親戚也要下來。

我曾好奇，爲什麼聲勢要這麼浩大，不就是生日吃吃飯而已嗎？

「因爲我爸六十歲，生命滿一甲子，之後就是人生另一個階段，當然要好好慶祝一番。」

我接受他的說法，卻接受不了自己的心，它在反抗。不是反抗和他們一起去吃飯，是我光想到那些龜毛的規矩，整個胃就不舒服。

可是，我找不到好的說詞來向程威宸推辭，只好答應陪他們一家人吃飯。

「不過是吃頓飯，忍一忍就過去了，不礙事的。」心底深處，我不斷地給自己做心理建設。

要是趙哲希在就好了，他一定會告訴我要怎麼做，才是最好的。

但是，他不在了。

隔天一整天，我上班都不是很專心，爲了晚上的飯局，一整天都很忐忑。

好幾次，我拿著手機，看著聯絡人裡「趙哲希」這三個字，心裡很想念，卻始終沒有按下撥號鍵的勇氣。

思念只能在心底漫延，終究無法化成行動。

晚上，程威宸準時來接我，看我穿上他爲我選購的一襲白色雪紡紗短裙洋裝時，眼底有讚賞，嘴邊有笑意。

「很好看啊。」

只是，這麼公主式的穿著，讓我覺得很不習慣。

在車上，我對他說我很不喜歡穿得這麼公主，基本上，氣質就不符合，我還是喜歡簡約一點的打扮。

「但我覺得妳穿這樣很漂亮，端莊大方。」程威宸微笑，「今天晚上很重要，一些長輩都出席了，我希望他們對妳留下好印象。」

「可是……」

「妳乖。」程威宸拍拍我的手背，輕聲地說：「不會太久的。」

到達餐廳時，服務生領我們進包廂，才剛打開包廂大門，我就被坐在裡面滿滿的兩桌人嚇得倒退一步。

程威宸站在我旁邊，看我驚慌失措的模樣，伸手過來牽我的手。

「沒事，有我在。」

我抬眼凝望他，苦笑著。

雖然早知道今天會來很多人，也不斷地給自己心理建設，但看見那一堆陌生臉孔，還是會緊張。

程威宸的妹妹眼尖地瞧見我們，馬上衝過來，拉住我沒被程威宸牽住的另一隻手，對程威宸說：「哥，你女朋友先借我一下，你先進去見見姑姑他們，姑姑說她好久沒看到你，正說到你呢。」

她說完，便不由分說地拉著我走。程威宸不放心地站在原地問她，「程威婷，妳要帶育蓁去哪裡？」

「放心啦，不會帶她去賣掉，等等就帶回來啦。」

程威婷俏皮地回頭對程威宸吐吐舌頭，又轉頭對我淘氣地笑著，「我哥從小就愛緊張，是個讓人受不了的正經傢伙，妳眞了不起，和這種一板一眼的人居然可以談那麼久的戀愛。」

我只是扯動嘴角，淡淡微笑。

程威婷大概是他們程家當中唯一一個不會讓我感覺緊張的人，也是他們家唯一一個會在吃飯時忍不住開口說話，然後被程爸爸瞪的人。

程威婷把我拉進化妝間，讓我站在鏡子前，一面幫我整理頭髮，一面說：「今天來了很多人唷。」

「我知道。」我回答她。

「妳會緊張嗎？」

「當然會啊。」

「老實說，我並不是很喜歡我那些親戚，我覺得，妳應該也會和我一樣。」

「嗯？」

我掉頭過去看程威婷，但她只是專注地整理我的頭髮，又幫我拉拉裙襬，繼續說著，「像我姑姑啊，很標準的重男輕女，以前來我家時，永遠都只帶送給我哥哥的禮物，連過年紅包也都包很大包給我哥，總是只給我兩百元，所以我非常不喜歡她，超級不喜歡喔，是不喜歡的N次方。」

我被程威婷逗笑了。

「還有我姨婆，她也很討厭，老是問我要不要結婚，說我這年紀要是不趕快嫁一嫁，以後一定會嫁不出去，還說她十八歲就生小孩，我都二十五歲了，一定要趕快找個男人結婚生子。」程威婷嘟著嘴的樣子很可愛，「拜託，結婚又不是遊戲，哪能說結就結，生小孩也不是說要生就孵得出來，而且我才幾歲呀？這麼年輕就結婚，是會被人家誤會我是不是先有後婚的……哼！愛管閒事的老太婆。」

「老人家嘛，就是愛擔心，那也是關心妳嘛。」我安慰她。

「但我也很擔心妳啊。」

「咦？爲什麼？」

「妳眞的會嫁給我哥嗎？」

看著程威婷睜大黑白分明的眼睛，澄澈清亮的黑色眼瞳，倒映出我的身影。

「我、我也……不知道。」

「其實我也很矛盾。」程威婷輕輕嘆一口氣，有些語重心長地說：「我很希望妳當我的嫂嫂，這樣就有人可以陪我講我哥的壞話，可是，我又不希望妳嫁來我們家。我爸太嚴肅，我哥又太正經八百了，妳嫁過來一定會不快樂，除非你們結婚後，妳能說服我哥搬出去……」

我好意外！第一次聽到，居然有男朋友的妹妹會給可能成爲嫂嫂的女生這麼良心的建議。剎那間，我覺得程威婷眞是太可愛了。

我始終覺得，喜歡一個人到無可救藥的狀態，其實是一種幸福。

整頓飯，我如坐針氈。

嚴格說起來，這並不是一頓飯局，而是一場針對我而來的評分大會。

我單槍匹馬地讓一堆老人家品頭論足，明明心裡不爽到極點，偏偏臉上還要很虛僞地掛著笑。

有幾次，接收到程威婷對我投射而來的同情眼光，我知道她很想拯救我，可她畢竟也是晚輩，畢竟還是無能爲力。

好幾次，我也向程威宸丟出求救眼神，但我不知道他是眞的沒看到還是視而不見，他的目光從來就不在我身上。

好孤單。即使身旁滿滿都是人，即使他們不停地對我說話，但是心的角落卻是寂寞的。

如果趙哲希在就好了。

如果他在場，他一定會想辦法救我，找機會把我帶出去透氣，不會讓我像個商品一樣讓人觀賞評分。

好不容易結束飯局，我跟隨著程威宸的腳步，在餐廳門口和那些長輩禮貌道別，嘴上說著「再見」，心裡想的卻是「拜託別再拉著我講話啦，我累了，眞的」。

程威宸的姑姑這時走過來拉住我的手，笑咪咪地說：「難得我回來，妳和阿宸要不就找個時間，我們去妳家拜訪妳爸媽，妳年紀也不小了，我們阿宸這麼優秀，妳嫁給他還眞的是賺到呢。」

我的笑容有點僵住了。什麼跟什麼嘛！我根本還沒有結婚的打算。

看了程威宸一眼，那傢伙只是笑，一點也不打算救我。

「唉唷，姑姑，妳不要嚇壞人家啦。」

程威婷衝過來，擠開程威宸，不著痕跡地把我的手從她姑姑手裡拉出來，親密地挽著我，笑嘻嘻地對她姑姑繼續說：「我哥還沒向人家求婚呢，他沒求婚，李育蓁怎麼嫁啊？而且，說不定……」程威婷睨了程威宸一眼，再看向她姑姑，「說不定我哥根本就還沒打算被綁住，您也知道，他那個人是個工作狂。」

「我哪是工作狂啊？」程威宸急急出口否認，「而且，我也沒說我不娶李育蓁啊。」

「那你現在向她下跪求婚，馬上，立刻。」程威婷揚起下巴說：「有誠意的話，就當著這麼多長輩的面求婚。」

「喂，程威婷……」我見狀拉拉她的手，在她耳邊小聲地說：「這裡一堆你們家親戚，妳不要這樣啦……」

「沒關係啦，我哥不敢。」程威婷馬上附在我耳邊輕語，「他才不敢在長輩面前做這麼大膽的事呢。」

果然，程威宸鐵青著一張臉，半晌吐不出半句話來。

最後，還是程媽媽出來打圓場，叫程威宸快點送我回家，別讓我媽擔心。

回家路上，程威宸安靜不說話，酷酷的樣子看起來像在生氣。

一路上，我也不和他說話，不是刻意，我當然知道依程威宸那種心高氣傲的個性，程威婷那樣當場給他難堪，他一定非常不開心，但眞要叫我開口說什麼安慰的話，我也不知道該從何安慰起。

車子彎進我家路口時，始終安靜的程威宸開口了，他說：「妳不要生氣。」

「啊？」我一頭霧水。

生氣？生什麼氣？

「剛才我不是不向妳求婚，但我覺得這是一生一次的事，必須要有愼重的儀式才可以。我還沒買戒指，也還沒準備好說詞，這麼臨時，我根本什麼也沒準備。妳再給我一些時間，不會很久，等我把一切準備好，我一定向妳求婚，好嗎？」

我側頭看了專注開車的程威宸一眼，心裡徬徨起來，明明是自己曾經很愛的人，我卻已經不能確定自己是不是該嫁給他。

也許就像媽媽說的，戀愛和結婚是兩回事。有些人，只適合和談場戀愛；有些人，卻值得託付終身。

我始終覺得，程威宸是前者。

他太愛自己，即使是結婚，他仍舊沒辦法在婚姻裡給太多承諾。

爲此，接下來好幾天，我的心情猶如驚弓之鳥，很擔心程威宸突如其來的求婚，而我還沒想好拒絕的說法，實在很後悔那天晚上沒有直接向程威宸講明，我還沒有作好嫁給他的心理準備。

躲了程威宸好幾天，也幸好最近公司新接到一個大 case，幾乎每天早出晚歸，我才有正當理由躲避程威宸接送我上下班，自己開車通勤。晚上他打電話來，通常我都已經累慘慘地倒在自己的床上，說話的聲音也有氣無力，因而讓我的逃避更沒有一絲破綻。

「妳這樣我覺得很心疼。」一天夜裡，程威宸在電話裡有些擔憂地對我說：「結婚後，妳就辭掉工作，讓我養妳吧。」

「可是我很喜歡我的工作。」我用虛弱的聲音回答他，「累了點，可是有成就感，這是我想要的生活。」

「我媽以前也在外商公司上班，她也很喜歡她的工作，可是嫁給我爸，她就聽我爸的話辭掉工作，專心在家相夫教子，妳看她不是也過得很快樂？再說，老公養老婆是天經地義的事，老婆讓老公養，也是一種幸福呢。」

「程威宸，現在的時代不同了，我如果不工作，一定也沒辦法像你媽那樣乖乖待在家裡相夫教子，我根本就不是能在待在家一整天的人，而且，我根本不會做家事，這一點你也知道啊。」

「家事可以學。」程威宸講得很輕鬆，彷彿經驗談一般，「哪個女生結婚之前就很會做家事的？我媽以前在家也是大小姐啊，還不是結了婚才開始學習煮飯和家事，這種事，只要肯學就一定會的呀。」

「程威宸！」我開始有點火了，這個人分明是想娶我回家幫他打理生活細節，燒飯洗衣的，「你要找人回去幫你或你家做家事，那幹麼不去找個菲傭就好？」

「李育蓁，我不懂妳在生什麼氣。」程威宸還在狀況外，「我說錯什麼了嗎？」

「很多。」

「什麼？很多？什麼意思？」

我耐住性子努力不對他生氣，可是說話的語氣又快又急，很難掩飾自己快要失控的脾氣。

「第一，我不可能在結婚後就辭掉工作，因爲這是我熱愛這個世界的泉源之一。第二，我如果結婚也是因爲我想和對方一起生活，而不是爲了去當傭人。第三，我不是你媽，也不會爲了迎合你而改變我自己，請你不要再把你媽的過去套在我身上，這個世界上你只需要一個媽媽，不是兩個！」

「李育蓁，妳爲什麼總是這麼偏激呢？我只是在和妳溝通，不是在勉強妳。」程威宸深深嘆了口氣，「妳可以不接受我的建議，但沒必要這麼生氣。」

「我覺得我們之間愈來愈難溝通了。眞的，有時候面對你，我總是很無力。你已經不是我認識的程威宸，我也不是你以爲的李育蓁。我們都會改變，變成彼此都不認識的我們，而你希望我做這個、改變那個，可是這樣我好累，我爲什麼要變成一個連我自己都不認識的自己？你喜歡的我，不就是以前那個我嗎？那又爲什麼要把我塑造成你理想中的我呢？」

程威宸安靜了，他用沉默來壓迫我的思緒，我覺得快不能呼吸，我最害怕的就是這種一句話也不肯說的靜默，那比大吵大鬧還要讓我恐懼，因爲我不知道他心裡到底在想什麼，或者下一秒他是不是會講出什麼令我驚慌失措的話。

良久，程威宸才輕聲說：「我們上了一天班都累了，早點休息吧。」

聲音裡聽不出來是絕望還是妥協，總之，他講完這句話，又道了聲「晚安」，就完全不顧我反應的結束通話。

於是這一夜，我明明很累，腦子卻異常清醒地失眠了。

我們都不希望改變，卻還是在愛情裡遺失了原來的自己和快樂。

之後，程威宸沒再向我提過任何關於我們結婚的話題，遲遲不來的求婚儀式，彷彿也隨著時光流逝。

我其實有點慶幸這樣的結局，畢竟，對我來說，愛一個人和願不願意跟他共組家庭是兩回事。

這當中，我還找不到平衡點。

我媽知道這件事，只是很平淡地問我，「程威宸怎麼就沒下文了？你們到底要不要結婚？」

「媽，我都不急妳急什麼？」

「妳不急是妳的事，但身爲妳媽媽，沒看到妳嫁掉，我沒辦法不擔心。」

「這種事又不是辦家家酒或歡樂大放送，這是事關我終身幸福的事耶，當然要謹愼一點。妳總不希望我以後哭哭啼啼跑回來向妳哭訴我被家暴或老公外遇吧？」

「老公是妳選的，妳要是被家暴或老公外遇，那也只能怪妳識人不清，妳要是回來哭訴，我也頂多送上一包衛生紙而已。」

「唉唷，媽，妳很無情耶。」

「無情的是妳吧！也不看看都幾歲了，再兩年就三十了耶，人家隔壁巷子那個國小和妳同班的吳佳鈴都生小孩了，早上我遇到她媽媽，她還抱吳佳鈴的女兒給我看，長得多可愛。人家還問我妳結婚沒，害我當場不知道該怎麼回答她。我看妳啊，既然和程威宸交往那麼久了，早晚都是要嫁他，如果他不向妳求婚，妳就直接逼婚好了，反正我還開明，聘金啊什麼的全都不用，儀式也不用太鋪張，辦幾桌請親朋好友吃一吃，見證一下就好，簡單就可以了。」

「媽……」我簡直要翻白眼了，「我根本還沒做好心理準備，要怎麼嫁啦？」

「還要什麼心理準備？那不然你們兩個人談了十年的戀愛是談好玩的嗎？談戀愛不就是結婚的前置作業？你們都前置作業那麼久了，到底還要什麼心理準備啊？」

「唉唷，媽，妳不懂啦……」

「又來了！」我媽直接送我一個白眼，「每次只要講不過我，就說我不懂。我跟妳說，妳媽懂的可是比妳多出很多，誰不知道妳在那裡猶豫不決，不就是不知道到底該選程威宸，還是趙哲希嗎？」

我的心突地一窒，彷彿沉到很深的海裡，胸口被什麼東西壓住般難受。

好久沒聽見「趙哲希」三個字，突然從我媽口中說出來，我有一種恍若隔世的錯覺。

感覺我和他好像很久沒見面，也好久沒聽到他的聲音了。

剛分別時，我以爲難過只是一陣子的事而已，畢竟人是容易習慣的動物，只要時間一拖長，傷痛就會淡一些，也許仍會思念，但肯定不再那麼心如刀割。

可是，我發現實際狀況並不是這樣，我失去的不只是一個朋友，而是一個肯在夜裡陪我聊天解惑的良師，一個會在我肚子餓時適時拎消夜出現的摯友，一個會在我傷心難過時，一句話也不說陪在我身旁的知交。

我好想他。

當思念無邊無際，不斷啃蝕著我身體每一吋時，我總是會有想哭的衝動。

偶爾我也會怨怪程威宸，爲什麼要剝奪我交朋友的權利，爲什麼要對趙哲希有敵意？但是更多時候，我更痛恨我自己……是我自己逼走趙哲希，只爲了成全自己的愛情，所以寧願選擇一個不懂我，卻口口聲聲說不能失去我的人。

「說到趙哲希，好久沒聽妳提到他了耶，也好像很久沒看到他開車來我們家樓下接妳去上班喔，是怎樣？他交女朋友啦？」

我媽依然叨叨絮唸，我看著她動個不停的上下嘴唇，突然很害怕，十幾年後，我是不是也會像我媽這般碎唸？

「媽，妳年輕的時候，會不會很愛講話？」

面對我突然提出和她的話題完全搭不上邊的問題，我媽呆愣了幾秒鐘。

「不會啊。」她說。

「所以，是不是當媽媽的人都很愛碎碎唸？」

「誰叫老公和小孩都不長進，老要讓人家擔心，不唸一下怎麼行！妳以爲我很愛唸個不停惹人厭嗎？」

眞厲害！這樣也可以被我媽的回馬槍刺中！眞是超佩服她能把自己的缺點或過錯全推到別人身上的功力。我想，這等功力，就算我再練個二十年也未必能及。

「好啦，那不長進的女兒是不是可以先告退去洗澡睡覺啦？上了一天班，我都快累死啦。」

說完，我馬上拎著包包想逃回樓上去。想不到我媽眼明手快地拉住我，不讓我逃跑。

「等一下，我話還沒問完耶。」

「唉唷，妳又要問什麼啦？」

「趙哲希呢？很久沒看到他了啊，你們吵架啦？」

「哪有吵架啊！」

「沒吵架，那爲什麼最近都沒聽到他的消息？」

我不想說實話，只好打哈哈地帶過，「他忙嘛。」

「以前他就算再忙，也都會打電話給妳，可是最近我好像都沒聽到妳拿著電話講不停耶。」

我媽打破沙鍋問到底的精神，通常只會出現在追問八卦上。

「就……就……」

我的腦袋開始拚命轉，努力在想，該編出怎樣的謊話，才能毫無破綻地瞞過我媽。

「不用『就就就』地就個不停，直接說實話就好了。」

薑果然是老的辣！我媽一眼就看出我的企圖。

想要裝作若無其事，還是不小心洩漏了悲傷。

「程威宸不喜歡他，要我和他保持距離，所以，我和他說好不要再見面了。」

媽媽的表情有瞬間的凝滯，她看著我，眼裡有千言萬語，最後，只化作一聲嘆息。

「其實程威宸的顧慮是對的，男女之間再怎麼單純，最後還是會變質，保持距離總是好的。」

一直藏在心裡的傷心被挖出來，我的難過突然有了出口，媽媽像海面上的浮木，讓這些日子來，始終泅游在悲傷中，簡直快溺斃的我，有了可以抓住求生的標的物。

「媽，我不知道程威宸爲什麼會變這樣，以前他對自己很有自信，根本不把趙哲希放在眼裡，也知道我和趙哲希交情很好，可是自從我和趙哲希從宜蘭回來，程威宸就變了，他變得好討厭趙哲希，只要知道我和他出去就會大發脾氣。我不知道他怎麼了。」

「妳談了十年的戀愛，居然不知道這是怎麼了？」我媽嘖嘖稱奇道，「那就是因爲在乎啊，害怕失去妳，才會變得小心眼。」

「可是他是男生！」

「男生又怎麼樣？男生的氣度就一定要比女生大？男生就不會害怕失去對方？男生就應該睜一隻眼閉一隻眼，任由自己女朋友和別的男生亂來？」

「我沒有亂來啦！」我生氣大吼，「妳怎麼這樣看我？我是妳女兒耶，妳爲什麼覺得我會和趙哲希亂來？妳怎麼不了解我？」

我哭了起來。忍了好久的眼淚，終於在和趙哲希分別的第三十三天掉了下來。

「我相信妳沒有和趙哲希亂來。」

不像我情緒這麼激動，我媽用平靜到幾乎沒有任何起伏的聲音說：「可是程威宸有可能誤會，畢竟你們是孤男寡女一起出遊過夜，任何一個人都很難把這件事想得單純。而且，我很肯定，妳和趙哲希一定都喜歡彼此，不是朋友之間的喜歡，是兩個人相愛的那種喜歡，只是你們兩個人都不知道而已。」

我始終都是最盲目的那一個，不管是在愛情或友情的領域裡，總是看不清真相。

公司的新品發表會，安排在一間大型商場舉行，爲此，翠薇和我忙得焦頭爛額，從租用場地到現場布置指導，我們全包辦了。

發表會前一天，翠薇和我更是忙到連午餐都沒吃，因爲會場布置的進度嚴重落後，不知道是我們要求太高，還是布置人員聽不懂我們想要的呈現方式。

「我快瘋了。」

抱著一大堆擺飾用的紙盒，我皺著眉頭對翠薇說。

「我也差不多，而且我好餓喔。」

「等會場布置得差不多了，我們就去大吃一頓。」

「好。」

彼此露出會心一笑後，又分頭去忙。

一忙就忘了時間，也忘了要回電話給程威宸，直到工作告一段落，才發現窗外天色暗了。

「唉唷，我沒力了。」和翠薇肩並著肩癱坐在會場一角的階梯上，翠薇有氣無力地把下巴枕在膝蓋上說。

「我也是。」環顧四周，還好努力了一整天，整個會場呈現出來的效果還算滿意，我拍拍手，說：「好了！我們去大吃大喝一頓，犒賞這辛苦但有成果的一天吧！」

「好。」翠薇一屁股站起來，伸出手，順勢把我從地上拉起。

走向停車場的途中，兩個女生吱吱喳喳地討論著要去吃什麼，最後，簡餐小火鍋獲得我們兩個人一致的選擇。

「李育蓁。」

才打開車門，就有人從一旁叫住我。我帶著震顫的心跳回過頭。是趙哲希！好久好久不見的趙哲希。

那一刻，我的思念具體化了，眼眶瞬間濡濕。

「妳怎麼在這裡？」依然是熟悉的嗓音，依然是溫暖的笑意，趙哲希溫柔地看著我，「剛才看到妳的車，還以爲只是同款車而已，走近一看車牌號碼，才確定這眞的是妳的車，妳好嗎？」

我只是怔怔望著他，心跳得好劇烈。

不好。我在心裡回答他。怎麼會好呢？你不在，一切都不好！

本來已經坐進車裡的翠薇又從車裡鑽出來，走到趙哲希面前和他打招呼，又說：「我叫我男朋友來接我好了，反正他家在附近，你帶育蓁去吃點東西吧，我們從早上一直忙到剛才，育蓁午餐和晚餐都沒吃呢。」

「怎麼忙成這樣？」

趙哲希看看我，又看看翠薇，皺起眉頭。依然是我認識的那個趙哲希，依然是只要一個眼神，就能讓我心暖洋洋的趙哲希。

「公司明天有新品發表會，今年輪到我們兩個人負責會場租借和布置，所以從早上就一直忙，還好明天只要早上在發表會開始前到現場巡視一下就好了。」

翠薇又和趙哲希聊了幾句，才拍拍我的肩，遞給我一個「加油」的眼神，又對趙哲希說：「那育蓁就交給你了，記得吃過東西要把她送回家喔。」

翠薇走後，趙哲希又往前踏近一步，低下頭看我，笑笑地說：「走吧，我的車在那邊，今天讓我當妳的司機，好嗎？」

我被動地被他拉著走，他並沒有用戀人的方式牽著我的手，只是用大大的手掌扣住我的手腕，但從他掌心傳過來的溫度，卻熨燙了我的臉。

坐在趙哲希的車上，我的心情還是很激動。

原來久別重逢是這般的心情，彷若歷經一場生死。幸而再相遇，卻有種如夢似幻的錯覺，不敢眨眼，不敢用力呼吸，怕一個不經意，眼前這個人便會消失。

趙哲希把車開到我們之前常常光顧的那間麵店，依然是一碗加了魯蛋的米粉湯，和一碗陽春麵。

他坐在我對面，用他那對澄澈清亮的眼瞳望住我。我試著對他微笑，但嘴角才一上提，馬上又垂下了。

胸口一窒，眼淚取代千言萬語。

「喂妳……還好吧？」

趙哲希緊張得手足無措，慌亂地拿起桌上的餐巾紙，抽了好幾張塞進我手中。

透過矇矓淚眼，我看著手心裡那疊桃紅色餐巾紙，忍不住笑了。

「趙哲希，你眞的很不浪漫耶。」

趙哲希睜大眼，一臉茫然地看著我。

「哪有人拿餐巾紙給女生擦眼淚的啦？」我又好氣又好笑。

「餐巾紙和面紙不都一樣？有差別嗎？」

「浪漫程度差很多。」

我把手上那堆被他抽得皺巴巴的餐巾紙放在桌上，又從自己包包裡拿出一包面紙，抽了一張起來擦眼淚，「當你女朋友肚量和脾氣一定要很好，因爲要常常容忍你的豬頭還有煞風景。」

說完，我又抽了一張面紙，放在鼻子上用力擤鼻涕。

「妳才煞風景。」趙哲希笑起來，「哪有女生像妳一樣，會這麼粗魯又不顧形象擤鼻涕的？」

我睨了他一眼，不以為意地繼續用力擤鼻涕。

「不過，當妳男朋友一定很幸福，因為妳有趣又不做作，肯定能讓妳男朋友的生活充滿樂趣，多采多姿。」

「你才知道！」我朝他皺皺鼻頭，淘氣地說：「當我男朋友的人，是全世界最幸福的男生，因為他是我萬中選一的幸運兒。」

我們之間的默契和融洽氣氛回來了。原來，時間阻隔掉的，只是我和他之間有形的距離，心，始終是貼近的。

兩碗麵，我們足足吃了將近兩個鐘頭才吃完，其中大部分的時間都是我在講話。

我告訴趙哲希，關於程威宸和我之間發生的磨擦。我告訴趙哲希，關於程威宸帶我去他爸的壽宴，可是不敢在一堆長輩們面前向我求婚的事。我告訴趙哲希，關於公司最近大大小小的事，讓我們忙得焦頭爛額的新品發表會。

我唯一沒告訴趙哲希的，是我的想念和後悔，還有眼淚在心底發酵的酸澀。

送我回家的路上，趙哲希很安靜地開著車。我看著他握住方向盤的修長手指，又看看自己的手腕。今天，就在剛剛的幾個鐘頭前，他那隻手曾經緊緊圈握住我的手腕。依稀間，我還能感覺那溫度，和心裡的悸動。

一路安靜到家，我卻在沉默間感受他的溫柔。

趙哲希陪我下車，當我邁步準備走向家門口，他叫住我，看著我，眼底有很深沉的憂傷。

「我們……我們還能再見面嗎？」

曾經習以為常的日夜相守，而今卻變成遙不可及的奢望。

到底是誰毀了這一切？

我笑著搖頭。

臉上那抹淺淺上彎的微笑裡，有決裂、有心酸、有不捨，還有不甘心。

趙哲希那雙清亮的眼眸黯淡了，他輕輕扯開唇角，「那……再見了。晚安。」

我朝他揮揮手，故作瀟灑地轉身，一步、兩步、三步……「趙哲希！」

猛然回頭叫住他，首先映入眼簾的，是他臉上龐大的落寞。

聽見我喚他的名字，那雙黯淡的眼眸瞬間有了光采。

我跑過去抱住他的脖子，把頭埋進他的胸膛，哽咽地說：「我們恢復邦交吧！我再也不要為了自己的愛情放棄你，我喜歡以前那種隨便一通電話就能找到你的生活，我們都不要再爲任何人改變自己了……」

我們不要再為任何人改變自己，只要你是你，我是我，那就好了。

我沒有告訴程威宸，關於那天我偶遇趙哲希的事，也沒有告訴他，我和趙哲希重新恢復交情。

這件事變成一個祕密，一個屬於趙哲希和我的祕密。

恢復友情，我一如往常地，在買好消夜後，開車到趙哲希他們公司樓下，打電話叫他下來吃消夜，卻不再讓他送我回家。

我們也會像之前一樣打打鬧鬧、鬥嘴或開玩笑，就像那段失聯的時光從來沒有存在過一樣。

只是，我偶爾會想起那天晚上，當我抱著趙哲希時，兩顆心同時震動的心跳，怦通、怦通，像一曲完美無瑕的合奏曲，在彼此心裡同時鳴唱，猶如天籟。

每每想起，仍會臉紅心跳，卻始終不曾後悔。

趙哲希或許是我人生裡最美的一首歌。

因為有他，我的生命又開始有了美好的旋律，心情也不再沉重陰鬱。

「我覺得妳最近心情好像不錯。」

有一次晚上和程威宸去吃排餐，他這麼對我說。

「有嗎？」我有些心虛地看他一眼，彷彿是個做錯事怕被抓包的小孩，「還不是和之前一樣，哪有比較好？」

「真的，妳最近笑容變多了。」

程威宸切了塊牛肉放進我的盤子裡，繼續說：「有一陣子妳總是愁眉苦臉的，我那時很懷疑是不是因為和趙哲希斷交的關係，可是又不敢問妳，怕妳說我小心眼愛猜忌。不過妳最近變得愛笑了，我就放心啦。」

看著程威宸寬心的笑容，我有些愧疚，愧疚自己不是一個好的情人，在我的心裡，藏著太多不想讓他知道的祕密。

這些祕密，全都關於趙哲希。

只是，就算祕密隱藏得再好，也終會露出些蛛絲馬跡。第一個發現趙哲希和我恢復往來的，是我媽。

她在某個放假的早晨，我還賴在床上沉睡時，門也沒敲就衝進來。

「唉唷，媽！妳嚇死我了。」

我媽一句話也不說，坐在床沿看著我，我還是翻身時不小心碰到她的手才驚醒過來。一醒來，就看見我媽那張面無表情的臉，還有她臉上那兩顆比牛眼還大的眼睛。

聽見我的尖叫聲，我媽終於開口了。

「一大早叫那麼大聲幹麼？是打算把街坊鄰居吵起來嗎？」

「妳才是呢！一大早一聲不響地坐在我的床上做什麼？妳不知道一個人在睡覺時，是最沒有防備的時候嗎？人嚇人會嚇死人耶。」

「平日不做虧心事，夜半不怕鬼敲門。」

我直接從床上坐起來，抱著棉被，眼睛盯著我媽，繼續哀怨地說：「我又沒做虧心事！倒是妳告訴我，睡到一半，眼睛一睜開，看到一個女人睜大眼坐在床頭看著自己，誰不會被嚇到的？妳這樣很恐怖耶。」

「我問妳啊。」我媽完全不理會我的抗議，話峰一轉，連忙問道，「說實話！妳是不是和趙哲希合好了？」

「咦？」

「唉呀，我知道妳要問我怎麼知道的，就很明顯啊。最近妳心情好很多，下班回家的時間也變晚了，猜也猜得出來，應該是和趙哲希去吃消夜啦。」

「妳怎麼不說我是和程威宸出去？」

「誰會相信？」我媽一副了然於心的表情，「妳和程威宸才不可能天天去吃消夜，你們兩個人那麼會吵架，別吃一肚子氣回來就好了。」

「哪有這麼慘？」

「就是這麼慘！妳都不知道喔？每次只要妳和程威宸去吃晚餐，回來一定是一個臉臭臭的，就算沒有臭臉，也不太笑。但是妳和趙哲希出去回來就不一樣，那個……有句成語怎麼說？嗯……啊！春風滿面！對啦，就是春風滿面。」

「亂說。」我白了我媽一眼，爬下床，說：「不和妳哈啦了，我要去刷牙，準備吃早餐了，妳今天有沒有幫我買蛋餅？」

「有啦！」我媽沒好氣地跟在我背後，邊走邊說：「眞是前輩子欠妳的，都幾歲了，還要幫妳準備早餐！」

「別這樣嘛，以後我嫁了，妳就會懷念這些幫我準備早餐的日子。」

擠了牙膏，我一面刷牙，一面口齒不清地回答她。

「那請妳快點嫁一嫁，好讓我懷念懷念。」

「唉唷，媽！不是和妳說了嗎？這種事急不來啦！就算我想嫁，沒人向我求婚我要怎麼嫁？總不能厚著臉皮去拜託人家娶我吧！」

「只要能嫁出去，使什麼心機小手段，媽媽通通支持妳。」

我滿口泡泡地回頭瞪著我媽，半晌才說：「妳這麼希望我嫁啊？」

「廢話！」我媽斜倚在浴室門口，說：「要不，先生小孩再結婚我也不反對。」

「妳根本就是想抱孫子嘛！」

「對啊！所以，妳是想嫁給程威宸還是趙哲希？」

「媽……」我受不了地求饒，「程威宸是我男朋友，但他不向我求婚，我也沒辦法嫁給他啊！另外，趙哲希只是朋友，朋友和朋友是要怎麼結婚啦？」

「誰說朋友的前面不能加個『男』？這樣就是男朋友，就能結婚啦，眞笨！」

「喔，不跟妳說了，老說些沒建設性的話。」

我漱口完，洗過臉，轉身對著我媽說：「妳要是這麼閒，就去參加社區大學，和人家去爬爬山或學攝影什麼的，再不然去上些課程，這樣我如果心情不好，妳還可以調幾杯濃度高的酒，讓我一喝醉到天亮也不錯。」

「誰會調酒灌醉自己女兒啊？妳說這些才眞的沒建設性。」

我媽跟在我後面走，一面跟，一面又問我，「那不然妳到底是想怎樣？」

「什麼怎樣？」

我走到餐桌前，拿起蛋餅又走回客廳，整個人窩進客廳那個我專用的懶骨頭裡，拿遙控器打開電視，把頻道切換到新聞台。

「程威宸和趙哲希啊，妳到底要選誰？雖然我很喜歡程威宸，不過妳跟他實在是太會吵架了。啊不過這其實也沒什麼，女生嘛，結婚前通常會比較沒有安全感，就很會和自己男朋友吵架，很多人都是結完婚就不吵了，因爲到手了嘛，哈哈哈。」

我媽自己愈講愈 high，也不知道她在 high 什麼，頓了頓，她又說：「不過，我覺得就算妳選趙哲希我也很ＯＫ啦，趙哲希脾氣比較好，感覺應該是任勞任怨的那一型，這樣我以後要叫他幫我做家事也比較不會不好意思……所以，妳到底要選誰？」

「我不想回答妳！」我面無表情地盯著電視，很冷淡地回答我媽，「這個問題基本上就很無聊。」

「但妳這樣腳踏兩條船很不好啊，萬一翻船怎麼辦？」

我一聽見我媽的話，馬上面有怒氣地回頭瞪視著已經挨到我身旁沙發椅坐著的李媽媽，語帶憤恨地回應她的話。「我才沒有腳踏兩條船！這麼不道德又狐狸精的事，我怎麼可能做？」

「那妳就和程威宸把婚事辦一辦啊，明年程威宸就二十九歲了耶，妳不知道中國習俗裡，男生二十九歲那年是不利結婚的嗎？」

「都民國幾年了，妳還相信那種沒根沒據的事！如果男生二十九歲結婚會怎樣？」

「會……會……唉呀！就是很不好啦！」

「看吧！妳根本就不知道哪裡會不好。這位李媽媽！人家信基督教或天主教的人，才不相信二十九歲結婚對男生會有多不好的影響，妳看他們不也一堆人是二十九歲結婚，現在不是都活得好好的？家庭也和樂又溫馨呢。」

「唉呀，我說不過妳啦！」我媽揮揮手，懶得再和我辯，直接下聖旨，「反正妳這兩天有空帶程威宸回來，妳不問他，那就我來問好了。」

「無聊！」我根本不想理我媽。

「聽見沒有？」我媽受不了我的吊兒郎當，勾起食指敲敲我的頭，「要是不帶他回來，我就不煮飯給妳吃、不幫妳洗衣服、不讓妳住我們的房子。」

「哪有人這樣威脅自己的女兒啦？」

我媽才不理會我的抗議，她帶著一抹勢在必得的笑容，說：「那就這麼說定了，我現在要去市場拿一條妳爸要修改的褲子，這老頭最近胖得太離譜，晚一點我一定要趕他去學校操場跑一跑。」

你問過我，什麼是幸福，對我而言，幸福就像在公園牽手散步的老夫婦，如此平凡、簡單、雋永而恆長。

我當然沒把我媽交代我的事對程威宸提到一字一句。基本上，我覺得我媽那個人就是瘋瘋癲癲又三分鐘熱度，也許再過幾天，她就會恢復正常了。

不過，這件事我和趙哲希提起過，當然略過我媽要我在他和程威宸當中選一個那一段。

面對我的苦惱，趙哲希只是笑一笑，不過他的臉上，卻出現顯而易見的落寞神態，我不懂他為什麼會那樣。

「反正，在我弄清楚自己的心情之前，我不會那麼輕易把自己嫁掉的。」我信誓旦旦地一邊咬著烤雞翅，一邊對趙哲希說。

但是，在這個世界上，有很多事，是就算我們避而遠之，仍然會有雞婆的人會樂意幫我們搞砸一切的。

比如：我媽。

就在我媽交代我帶程威宸回家，而我努力把她說的話拋諸腦後的一個星期後，我下班回家時，意外地在我家門口看見程威宸的車。

心裡覺得奇怪，這個人怎麼要來我家也沒跟我說？

一走進客廳，程威宸本來和我媽聊天聊得正愉快，看見我，他們同時安靜下來，兩個人很有默契地朝我的方向看過來。

「你怎麼來了？」

我一面說，一面經過他們兩個人面前，走向廚房去拿水杯裝水喝。

「呃，就……就李媽媽有事找我。」

「什麼事呢？」

拿著水杯，我又折回他們兩個人面前，一邊喝，一邊看著這兩個神色詭異的人。

我還看到我媽偷偷向程威宸擠眉弄眼。一定有鬼！這兩個人，肯定是背著我做了什麼不正當的勾當。

「沒事啦！就我找程威宸來聊一聊，問問他爸爸媽媽最近怎麼樣啦……唉唷，沒事沒事。」我媽愈是說「沒事」，我就確定愈是「有事」。

當我的眼神掃到程威宸臉上，他還刻意避開我的目光。

「說！」我指著程威宸，表情嚴肅地說：「到底是什麼事？」

「沒事！」我媽反應靈敏地跳出來拯救程威宸，她推推他，說：「時間不早了呢，程威宸你不是說你累了，要回去休息了嗎？」

程威宸一時沒反應過來，傻了幾秒鐘，直到看見我媽對他眨眼，才突然反應過來。

「啊……對！我剛才李媽媽說累了想回家休息，那我就先走了喔。」程威宸站起來，又嘴甜地對我媽說：「李媽媽煮的晚餐很好吃唷，希望以後可以天天吃到。」

「那有什麼問題？以後一定天天煮給你吃。」

我聽著他們兩個人的對話，愈想愈不對勁。

程威宸離開後，我再也耐不住性子，追著我媽問到底他來我們家做什麼。

起初我媽還不肯說，最後，被我煩到受不了，只好投降地說出實情，「也不是什麼重要的事啦，就我找他來吃飯，順便問一下你們的婚事，問他看看他到底對妳有沒有心……」

「我的婚姻大事妳跟我說不是什麼重要的事？」瞬間，我像被激怒的獅子，張口大吼，「而且，妳問他這個，人家說不定心裡在想我是不是迫不及待嫁給他耶！媽，妳不要面子我還要耶，妳爲什麼要做這種讓我自尊心被踐踏的事？」

「不過就是問問他的意見，這樣妳的自尊心就被踐踏了？」我媽也不甘示弱地和我對嚷，「我關心妳這樣也不對嗎？你們兩個人就這樣一直拖著是要拖到什麼時候？我當一下推手難道就罪該萬死？」

「但妳也不要直接去問他嘛！」我氣到眼淚都飆出來了，「妳不知道這樣我有多尷尬？這樣我以後還有什麼臉去見程威宸？說不定人家心裡也在評估我到底適不適合和他牽手過一輩子。妳這樣急巴巴地去催人家，萬一他心裡根本不想和我結婚，妳這樣不是弄得他進退兩難嗎？」

「好啦好啦，反正我是呂洞賓啦，好心還被狗咬，以後你們的事我都不管了，隨便你們啦。」

我媽大聲吼完，便悻悻然地回房去，留我一個人在客廳捧著水杯掉眼淚。

回房後，手機正好響起，是趙哲希來電。

「怎麼啦？」聽見我講話的語氣裡有濃濃鼻音，趙哲希有些緊張地問我。

我把事情的來龍去脈跟他說一次，講到後來我媽撂下的那句狠話，又是一陣心酸地掉淚。

「要不要出來走走？」

電話那頭，趙哲希揚著令人感到溫暖的嗓音，輕聲問道。

「不要。」我還是哭，「我現在很醜，沒有臉見你。」

「怎麼會？」趙哲希笑起來，「在我的眼中，妳永遠是最漂亮的。」

就算是像糖一樣甜的話，如今對我來說都沒有用，因為我的傷心太過龐大，龐大到任何甜言蜜語也沒辦法消弭掉我心底一絲一毫的難過。

更何況，趙哲希說的只是安慰人的話，我實在沒辦法把它當眞。

這個晚上，趙哲希和我就這樣抱著電話聊了很久很久。

他不斷說著可以讓我不再介意這整個丟臉事件的安慰話語，一開始，我什麼也聽不進去，只是拚命哭。到後來，不知道是哭累了，還是被趙哲希的話安慰成功，總之，眼淚不再廉價地掉。

「我其實不是難過可能會因爲這件事失去他，我是覺得丟臉。」我抱著電話痛心疾首地說：「對我來說，面子問題遠遠大於他會不會和我分手，我害怕被別人取笑。」

「我知道。妳的自尊心很強，丟不起這個臉。對妳來說，面子比妳的性命重要。」

「趙哲希，你果然懂我。」

「因爲我們認識很久的關係吧！我可以對妳的一切瞭若指掌。」

「才不是！這是兩個人之間的頻率問題。我聽說，頻率相當的人，特別能夠了解對方。」

「是嗎？」

「比如程威宸啊，我和他也認識很久，可是在我心裡面，有很多部分，是他沒辦法了解的。就好比吃漢堡，你一定知道我不喜歡加什麼。」

「生菜。」

「對！你看你就能完全不經思考說出正確答案，可是程威宸老是搞不清楚我不喜歡生菜還是小黃瓜，他常常會弄錯。」我說：「這就是兩個人的頻率。我覺得程威宸對我並不用心。」

「怎麼會？」趙哲希不以為意地笑笑，「不用心怎麼可以在一起這麼久？」

「就是在一起這麼久，才被我發現他不用心嘛。」我說：「也許剛開始時，互相吸引我們彼此的，是對方身上的氣質和外貌，我們喜歡對方舉手投足間流露出來的自信，可是在一起之後，才發現兩個人根本很難協調，對兩個都想當主導者的人，基本上，就是很難找到相處的平衡點。」

最後，我總結一句話，「相愛容易相處難。這句話真的要親身經歷過的人才能明白箇中滋味。」

愛情就像一雙美麗的鞋，儘管再美麗，只要不合腳，就會讓你滯礙難行。

嘿！你有沒有幻想過，自己未來的另一半是什麼樣的人？

我覺得人在年輕時，總是希望自己另一半要擁有美貌、財富，和無人能及的幽默感。當然最重要的，是一顆愛我的心。

可是隨著年歲增長，現實會逼迫你接受事實，於是，我們對另一半的冀望減半再減半。

就像我們都聽過的一則笑話，到最後，女生只希望自己另一半不要是個禿頭就好。而男生，則希望自己的另一半不要是個帶不出門的肥婆。

夢想是偉大的。但是現實是卑微的。

你說，你想像中的另一半其實並不完美，她可能有著倔強的脾氣、不服輸的個性，愛流淚的眼，還有一顆只有你才知道的柔軟的心。

她不是最好的，卻是最適合你的。

我那時開玩笑地對你說：你幻想中的另一半，和我好像啊！

你沒說話，只是淡淡微笑。

後來，我的另一半一直沒有換，我卻在愛情裡遺失了原來的自己，在一次又一次的傷心中，學習自己堅強，並且認清當初堅持愛著的那個人，並不是最適合自己的人。

只是，那麼久的感情，我卻沒有快刀斬亂麻的決心，寧可痛，也不願意看見他皺眉神傷。

你更慘！你幻想中的女神一直沒出現，所以你始終孑然一身，無牽無掛。

其實有時我會羨慕你，羨慕你總是能對愛情充滿美好幻想，羨慕你不用為了愛情憂傷嘆息，羨慕你會為了下一段感情用心期待，期待它的翩然降臨，期待幸福的到來。

你說，愛情是每個人心中的願景，你願意為此日夜祈禱等待，等到那個屬於你人生中的女主角出現，陪你一起實現你的願景。

第五章　幸福的抉擇

程威宸在一個他們家人的家庭聚會上向我求婚。

當他拿出鑽戒，我只能一動也不動地盯著那顆在燈光下閃閃發亮的戒指發呆。不是感動，我是眞的呆掉了。

一切都太意外了。我原本以爲他會是在私下向我求婚的，這樣也許我就有勇氣拒絕他，告訴他我還沒準備好結婚。

可是，他居然選擇在他家人面前向我求婚，我不忍心讓他在十幾雙眼睛面前出糗。大家都把我的發愣解讀成「感動到不知道要如何反應」。

於是，婚事就這樣順理成章的開始籌備了。

求婚事件發生後的幾天，程威宸和他父母帶著媒人去我家說親。

我媽當然是笑得合不攏嘴，對她而言，只要我嫁得出去，管他是程威宸或趙哲希，她都不會有意見。

不過我爸就不一樣了。

媒人來說親那天晚上，吃過飯後，我爸和我坐在客廳吃水果，他好幾次目光都從螢光幕上移到我臉上。

「爸，怎麼了嗎？」我摸摸自己的臉，對我爸猶如小學生上課偷看自己暗戀女生般的行逕，覺得十分可愛有趣。

「沒事。」我爸尷尬地笑了笑，再若無其事地把眼光移回電視螢幕上。

但之後又被我抓到他在偷看我，於是我挨到他身旁撒嬌，「怎麼啦？幹麼一直偷看我？」

我爸先是盯著我的眼睛看，最後深深地嘆一口氣。

「妳眞的想嫁給程威宸嗎？」

他一語命中我的要害，我臉上的笑容僵了幾秒鐘，重新堆滿笑容時，我說：「當然啦，他可是我談了十年戀愛的對象呢。」

我不想老爸老媽替我擔心。我媽是天生樂天派，就算是天大的煩惱，也許她只消皺皺眉，唉聲嘆氣個幾個鐘頭，睡一覺起來就能馬上復原，會像沒發生過任何事一般跑到巷口，和左鄰右舍東家長西家短，然後笑得十分有元氣。

可是我爸不一樣，他是什麼事都會冷靜洞悉，把很多不該講的話拚命往心裡藏的人。我媽常說，我爸這種個性，沒得到憂鬱症眞是奇蹟。

「但是爸爸覺得妳並不是那麼喜歡他！你們兩個人的個性太相似，兩個人都想稱王控制對方，兩個人都不服輸。在愛情裡，這樣的狀況當然可以彼此容忍，畢竟沒有住在一起，即使天天見面，總還是能相互忍讓。可是婚姻不一樣，婚姻是要天天一起生活、一起面對柴米油鹽醬醋茶各種瑣事，所以對象要找能互補的，或者包容力比妳大的，這樣才不會天天吵架。」

「爸，您別擔心，這種事，我和程威宸會協調的。」

「既然決定牽手，就不要輕易鬆手。」我爸語重心長地說：「不要爲了結婚而結婚，要看看對方是不是値得妳託付終身的人。愛情不是一輩子的事業，再怎麼愛，也總有一天會被磨光，那麼，找一個懂妳的，可以和妳有說不完的話的對象，婚姻才能更長久。」

我爸這些話，像核彈瞬間在我的心底爆發開來，那後座力無比強勁，在心裡、在腦裡，讓我久久無法平靜下來。

那天晚上，我打電話給趙哲希，告訴他，程威宸向我求婚，還帶了媒人來我家提親。

趙哲希的話變得好少，我問他到底該怎麼辦，我好惶恐。

他只是淡淡一句，「做妳自己想做的事，走妳自己想走的路，累了，就回頭看看，我會一直在。」

是那句話，逼落了我的眼淚。

「爲什麼你那麼好，卻從來就不是我的誰？爲什麼我們明明這麼契合，卻始終沒辦法走在一起？」

那一刻，我終於明白，原來我對他的依賴，我們之間暢所欲言的默契，我只肯在他面前才會忍不住掉淚並委屈的傾訴，我總是在見不到他時格外想念的行逕，其實只有一個字可以解釋。

那是……愛。

原來，這份感情已經在心底埋藏得如此深，深到我完全無所覺，深到我將之視爲理所當然，深到我以爲我和他，可以單純地只當永遠的朋友……我好笨！我忘了男女之間不可能有純友誼，兩個人之間的來往，必然是有一個人努力維持才有辦法持續，而他願意維持的動力，就是因爲「愛」。

可是，我不能回頭了，我沒辦法去跟那個期待和我共度一生的人說：對不起，這是誤會一場，我們到此爲止吧。

因爲，他從來沒有做出什麼對不起我的事，我們也確實相戀了十年，雖然也許後面那幾年熱情不再，但並不代表，我們彼此沒有愛了。

愛情，有時候只是一種習慣，尤其是當兩人的愛情路走得夠長、夠遠時。

電話那頭，趙哲希沉默了。

也許他的沉默，只是爲了讓我清醒，他總是希望我幸福快樂，也一直努力守護我的幸福快樂。

最後，他說：「過兩天，我要和一群朋友去澎湖浮潛，我會在那裡挑一個最美的貝殼，刻上祝福的話，作成擺飾，送給你們當結婚禮物。」

掛掉電話，我趴在床上哭了起來。

結婚，不只是告別我的愛情，同時，也會告別我和趙哲希的交情。

也許，從此之後，「趙哲希」這三個字，就只能變成我記憶裡最美的一段時光，我和他，很有可能沒辦法再一起吃消夜或煲電話粥。我的世界從此只能繞著程威宸轉，再也沒辦法隨心所欲了。

接下來幾天，我和程威宸都變得很忙碌。我們要忙著一堆結婚的瑣事，挑首飾、找婚紗公司、添購新衣新鞋……我的生活除了上班，就全被這些碎事絆住。

翠薇一聽到我要和程威宸結婚，露出不可思議的表情。

「我以爲……妳會和程威宸分手。」

「妳怎麼會這麼以爲呢？」我有些啼笑皆非，「我和他交往十年了，沒什麼大事發生，理論上，應該是不會分手的啊。」

「可是他……他……」

面對翠薇的欲言又止，我好奇追問：「他怎麼樣？」

翠薇睜著她那對清亮大眼，安靜地看了我幾秒鐘，才說：「我覺得趙哲希更適合妳，也一直以爲妳最終會和他在一起。」

我只是笑，也只能笑。

除此之外，我不知道該有什麼反應。我很想告訴翠薇：有時候，喜歡一個人是一種冒險，而我們，已經過了可以冒險的年紀，也沒有多少籌碼可以用來押注在一個自己喜歡，但對方卻可能只是把你當朋友的人身上。

我已經累了，也輸不起了！

有時候，喜歡一個人是一種冒險，而我們，已經過了可以冒險的年紀了。

幾天後，當程威宸和我在婚紗店試穿禮服時，手機響了起來。是一個陌生的號碼。

「要接嗎？」程威宸把手機遞給我，「剛才妳在試衣間，它已經響三次了。」

「不要！」我把手機丟到桌上去，試了一個上午的禮服，我已經快抓狂了，心情不佳，語氣自然也不好，「那個不認識的號碼搞不好是詐騙集團，要騙我說誰誰誰被抓走，或誰誰誰快死了，要我匯錢給他們……我才不要中招。」

結果，同一個陌生號碼又持續來電好幾次，手機響到我忍不住情緒暴走。

「喂！我警告你喔，本姑娘今天心情不好，管你是誰死了或誰被抓都不干我的事，我沒有錢，爛命倒是有一條，你別想詐騙我，我不是被唬大的……」

手機一接通，我劈里啪啦就是一頓罵，對方倒真的被我的氣勢震懾住，久久吐不出半句話來。

「怎樣？在想什麼說辭嗎？來啊！有種就來騙看看，看是誰的道行深。」

「李育蓁……是妳嗎？」一個似曾聽過的男生聲音，從電話那頭傳過來。

我沒作聲，仔細回想自己到底在哪裡聽過這個聲音。

「我是阿洛，趙哲希的朋友，在宜蘭開民宿的那個阿洛，妳有印象嗎？」

我尖叫起來，「阿洛，怎麼是你？對不起，剛才我以為是詐騙集團才會這麼凶，有沒有嚇到你？好意外喔，你怎麼會突然打電話給我？本來我還在想要叫趙哲希幫我向你訂房間，因爲我快結婚了，結完婚想先在台灣環島玩幾天，可能有一天會住在宜蘭呢，想不到你就先來電了……」

一旁的程威宸一臉好奇地看著我，看我一下子凶、一下子又興奮尖叫，大概也搞不懂我在幹麼。

「妳要結婚了？」阿洛很意外地問：「跟誰？」

「當然是我男朋友啊，不然你以爲是誰？」

「哲希都沒向我提到妳要結婚的事耶。」

「他也是前幾天才知道的。」我笑著，「等帖子印出來，我寄一張給你，你要來吃我喜酒喔，到時我再介紹幾個美女給你認識，幫你製造機會。」

我原以爲阿洛會開心地大笑，但是他沒有，電話那頭的他，很沉默。

「阿洛，你心情不好？」

良久，阿洛才語帶哽咽地說：「哲希他、他……失蹤了……」

我的腦袋突然「轟」地一聲空白了。

「騙人！」我笑著，眼淚卻從眼眶裡跌落，「阿洛，你也是詐騙集團嗎？可是我不會上當的。」

「我也希望這是假的啊。」阿洛的聲音有哭腔，「我們一群人來澎湖浮潛，可是海裡暗流大，哲希一個人脫隊游到深處，等到大家都上岸時，才發現他沒上來。幾個朋友又潛進水裡，但還是沒發現他，現在已經請搜救隊來協尋了。」

我一個踉蹌，跌坐在地上，程威宸跑過來扶起我，看見我臉色蒼白，很擔心地把我攙扶到一旁的沙發上坐，還一面問我到底怎麼了。

「本來不想告訴妳的，但是哲希寫了一封信要給妳。那是我們的習慣，不管是爬山或潛水，因爲有潛在的危險，所以都會預先寫好信給自己在意的家人和朋友，外面的人稱它叫『遺書』，但我們叫它『愛的信箋』，萬一眞有不測，在乎的人，還能看到我們留下的隻字片語。」

「我不要看，不看，是不是他就會回來了？不看，這一切就不會是眞的了，對不對？」

「我也希望不是真的，也許晚一點就能找到他，如果找到哲希，我一定會再給妳電話。」

我抹掉臉上的淚，深吸一口氣，「明天我會過去，我等等就去訂票，我要在岸邊等他回來。」

阿洛只說了聲好，還叫我記得跟他說我是坐幾點的班機，他會來機場接我。

結束通話，我整個人茫然地坐在沙發上，所有的感覺全都抽遠了，只剩下無以名狀的龐大悲傷，和眼裡不能控制的淚不停地掉。

「怎麼了？」程威宸握住我的手，關切地問。

我抬起頭，看著他，終於不能止住悲傷地哭出聲來。

「趙哲希失蹤了，他去浮潛，被水裡的暗流沖走了……」

程威宸有些不敢相信地看著我，許久，他才問：「那現在呢？」

「救難人員在搜救。」我把臉埋進掌心裡，完全無法抑制悲傷。

怎麼辦？趙哲希，你一定要好好的，要不然我絕對不原諒你！

「放心，一定會沒事的。」程威宸拍拍我的肩膀，試圖安慰我。

可是，沒有用的，我的心，在聽見趙哲希出事那一刻，有一部分已經被他帶走了。

沒帶走的那一部分，正慢慢地缺氧、凋零、死亡。

「如果晚一點還是沒有任何消息，明天我就要去澎湖等消息，不管是好是壞，我都要眼見爲憑。」

「可是明天我公司有個重要會議，沒辦法請假。」

「我沒有要你陪我去，我可以自己去，那裡有趙哲希的朋友，他說會到機場來接我。」

「其實我覺得……」程威宸看看我，大概是在斟酌要怎麼開口。大約半分鐘後他才繼續，「妳去那裡並沒有任何幫助，留在這裡等消息就好了。」

「程威宸！」

我又傷心又憤怒，爲什麼他就是一點也不了解趙哲希在我心裡的地位？那已經不單單是普通朋友那麼平淡的感情了。

「對我而言，趙哲希很重要，重要到就算有人要用我的命去換他的命，我也會毫不遲疑答應……」

也許是沒料想到我會說得這麼直接，程威宸的臉色變得很難看。

送我回家的路上，程威宸始終酷著一張臉，什麼話也沒說。而我已經習慣他心情不好時，就用這種表情來表達他不滿的方式。

到我家門口時，我丟下一句「再見」，就開了車門下車。

這時，程威宸開口了。「我還是覺得妳沒有去的必要，趙哲希的事情固然重要，但我們的婚事也不能拖延，我不希望他的事會影響我們的婚禮時間。」

我站在程威宸的車旁，透過車門看見程威宸不帶任何感情的臉龐。對我而言，他說的這些話，字字句句都冷酷殘忍。

我不知道，原來在他的心裡，一個人的性命比不上一場婚禮！

即使他對趙哲希再怎麼有敵意，即使他再怎麼不喜歡趙哲希，看在我和趙哲希朋友一場，他也應該尊重我們的情誼！我不能理解，朋友生死未明之際，前往他出事的地點守候，盡己所能地幫忙，有什麼不對！

很難過！這居然是我交往了十年的男朋友。而我到今天才知道，原來他是一個如此不大方的人，他沒辦法尊重我任何決定，沒辦法接受我的想法，也沒辦法承認一個在我心中佔有同等重要地位的男人。

我看著他，在彼此對望的瞬間，我看見我們愈來愈遠的距離，看見樓台高築的樊籬，看見他無法讀懂我眼裡的翻飛訊息。

原來，我們已經離彼此如此遙遠了。

「程威宸……」我依然看著他，艱澀地開口，「我們分手吧！」

我才知道，原來有一部分的心早已經被你帶走，而沒帶走的那一部分，正在想你。

看著程威宸揚長而去的後車燈漸漸遠去，終而消失在夜色裡，我突然覺得好虛弱，那些勉強撐起的堅強，終於徹底瓦解。

我扶著牆，慢慢走到大門前，掏出鑰匙開了門。進門時，一頭撞進正要出門去便利商店買東西的爸爸的懷裡。

「怎麼了？這麼累？」我爸扶著我的肩，擔心地看著我。

抬眼，看見爸爸那張關心的表情，我的悲傷再也藏不住，伸出手抱著他哭起來，「爸……趙哲希出事了，他去浮潛，被海底的暗流沖走，不見了。我好後悔，前幾天他說要去浮潛，我爲什麼沒有阻止他？我好想要他現在就回來，好好站在我面前，讓我大力地捶幾下，罵他幾句，問他到底喜不喜歡我，為什麼我們兩個人就是沒有辦法走在一起……」

我爸不斷拍著我的背，安慰地說：「沒事的、沒事的……」

我不停地哭，一邊哭，一邊又說著明天要坐飛機去澎湖，不管結果是好是壞，我都要去他去過的那個島嶼，踩過他走過的土地。

我爸帶我到客廳，將我安置在沙發上。我媽本來在洗澡，一聽見我的哭聲，馬上浴巾隨便包一包就從浴室衝出來，脖子和小腿都還有沒沖洗掉的泡泡。

「怎麼啦？怎麼啦？」

我媽抓著我的手猛問，我爸在一旁朝她擠眉弄眼打暗號，直說：「先不要問，等等我再跟妳說，我先打個電話，妳去拿條毛巾來給育蓁擦擦臉。」

我一面哭，一面聽見我爸打電話，請他在航空公司的朋友幫我查看看隔天飛澎湖的上午班機是不是還有機位，又他請他朋友幫我訂下機票。

「明天早上八點十五分的飛機，妳早一點起來，我載妳去機場。」

爸爸拍拍我的手說著，我的淚又開始氾濫，「爸……謝謝你。」

我媽拿著毛巾來幫我擦臉，見我又哭花一張臉，不再問我哭的原因，只說：「都這麼大個人了，還老是哭得像小孩子，耍脾氣起來又任性又幼稚，妳到底什麼時候才能長大呢？」

我抽抽噎噎，拉住我媽忙碌的手，說：「以後，我大概只能用我的一輩子來照顧你們了。」

「在講什麼傻話？」我媽把她的手抽回去，敲敲我的頭說：「老是這麼瘋言瘋語，要是結了婚，可別和妳公婆一起住，想辦法搬出來，搬到妳公婆家附近住就好，這樣可以就近照顧老人家，也可以避免同住在一個屋簷下可能發生的摩擦。」

我看著我媽，覺得自己讓她失望了，當初戀愛和結婚的對象都是我自己選的，如今，把戀愛和結婚的對象逼走的也是我。

猶豫再三，我還是決定把我的決定全盤供出。

「對不起，爸媽，我讓你們失望了……剛才，我和程威宸提分手了。」

我爸和我媽同時露出驚訝的模樣，四顆眼睛就這樣大大地盯著我看。

「是因爲趙哲希嗎？」我爸先從震驚中恢復過來，他用溫和的語氣問我。

「一半是，一半不是。」我吸了吸鼻子，繼續說：「今天聽見趙哲希出事的消息，我整個人很慌亂，想馬上去澎湖和他朋友一起等候他的消息，可是，程威宸不認同，他覺得我對趙哲希的付出太超過，超乎一個朋友應盡的範圍。但是，趙哲希和我的交情並不是一天兩天這麼短暫，也不只是點頭或打聲招呼這麼膚淺的交情。我和他彼此交心，相互扶持，一路上因爲有他的陪伴，我才能撐過來。當公司壓力過重，程威宸加班不能陪我，我很想有人聽我吐苦水時，都是趙哲希陪著我的。他對我而言意義重大，可是，程威宸不能理解這一切。」

我又抓住我媽的手，眼淚汨汨落下。

「媽，我知道我這樣做很自私，可是我眞的沒辦法和一個完全不懂我在想什麼，不知道我其實很重朋友，不明白對我而言，感恩和回報永遠比等候別人付出重要的人一起生活，我只是想順從我的心，做我自己覺得應該做的事，不是一味只替別人顧慮面子，或是擔憂自己做出違反大家期待的行逕時，他會不會也受到傷害。我不能拿我的一生來做這樣的賭注。」

我媽看著我，深深凝望的眼神裡有了解、有諒解、有心疼。最後，她說：「李育蓁，妳知道妳在做什麼嗎？」

我點點頭。

「妳確定再過幾年，等妳再回頭來看這一段路時，妳不會後悔今天的決定？」

我搖搖頭。

「程威宸其實是個不錯的男生喔，放棄他妳不後悔？」

我又搖頭。

然後，我媽拍拍我的手，輕輕微笑，說：「那媽媽支持妳。」

「媽……」我撲過去，攬住我媽的脖子，眼淚又開始嘩啦啦地流。

「這樣妳也要哭？怎麼這麼愛哭啊？」

「沒辦法，妳生的。」

「這個也能牽拖我？」

「愛牽拖的個性也是遺傳妳……」

我一面說，一面帶著淚笑出來。

謝謝你們，我最愛的爸爸媽媽，因為有你們，我才能在悲傷之際，仍感受到幸福輕輕地、輕輕地在我的心裡綻放。

隔天，我搭了早班的班機到達澎湖，從台灣出發前，我已經先打電話給阿洛，一下飛機，才走到候機室，就看見阿洛站在那裡。

路上，我坐上阿洛借來的機車，來到他們浮潛的海邊。

「目前還沒找到，不過我們不放棄。」

海風很大，阿洛的話飄散在我耳邊，淚，依舊紛紛落落。

「這是哲希寫給妳的信，我只聯絡妳，沒跟哲希的父母說，怕老人家擔心，就算是不好的消息，也得要等一切水落石出再通知。」

「不會有不好的消息的，趙哲希他一定會回來。」拿著趙哲希寫給我的信，我哽咽著，「他欠我太多，這輩子沒還完不准逃跑。他是重承諾的人，他一定會回來實現他的諾言。」

「我不知道哲希是不是還有機會親口對妳說，但是不管如何，我相信就算我現在把眞相說出來，哲希應該不會怪我。」

我睜大眼，盯著阿洛看，海風吹起我的頭髮，髮絲打在臉上，很痛。

遠方，有幾個人站在海邊或交談，或遠眺，我猜想他們應該都是趙哲希的朋友，他們和我一樣，都在期待趙哲希的歸來。

「妳記不記得上次妳和哲希來宜蘭時，哲希喝醉那個晚上，我跟妳提過哲希喜歡一個女生，喜歡了很久，卻始終沒跟那女生告白？」

我點點頭。

「哲希不肯說，但我覺得我必須替他說，那個女生……是妳。」

我早該猜到的，對不對？從你的眼神、你的陪伴、你的溫柔中，就該猜到了。

那是一張四周綴著小碎花的淡藍色信封，正面用龍飛鳳舞的方式，瀟灑地寫著我的名字，是我熟悉的字跡。

趙哲希從來沒有寫信給我過，不過便條紙我倒是收過不少，有時候是在我車上發現的，有時候是在我的包包裡。

大部分都是叮嚀的話語，偶爾也會提醒我待辦事項，或是聚餐時間。

他總是用最不打擾我的方式關心我。

我坐在大岩石上，吹著海風，讀他寫給我的信。

「育蓁：

當妳看到這封信，也許我已經不在這個世界上了。但是請妳不要傷心，我知道未來的日子裡，妳會過得很好，程威宸會代替我傾聽妳的煩惱，他會代替我保護妳，還會給妳很多我給不起的愛。

我們認識好久了，在這段漫長的歲月裡，我慶幸自己遇見妳，可以變成妳的朋友，傾聽妳的話語，站在離妳最近的地方，看著妳哭笑，喜悅和煩惱。

點點滴滴，都是我生命中最美的點綴，我從來不曾後悔。

只是，有些話，非說不可。

關於那些守候與溫柔對待，全是因爲，我喜歡妳。

不是簡單的欣賞或膚淺的喜歡，那是埋在我心底最深沉的痛。喜歡一個已經有男朋友的人，對我來說是很痛的。因爲不能擁有、無法擁抱，只能讓自己日復一日地陪伴下去，直到妳不再需要我，直到妳有了更幸福的生活，我才能全身而退。

妳還記得，有一陣子，妳爲了愛情選擇放棄我們的交情時，那段時間，我過得並不好，整個人像行屍走肉，原來妳不在，一切就會變糟。

我以爲只要等時日遠久就能忘記妳，重新做我自己。可是很難！人是慣性的動物，一旦習慣身旁有誰在，就不能習慣對方突然離開。

然後我們又相遇，妳不會明白，那是我日夜祈禱的結果。

當妳告訴我妳要結婚，老實說，我很震驚，雖然知道這是必然的結果，我還是沒辦法說服自己相信。我總以爲，也許我們還能相處多一些時刻。

那天夜裡，我喝了很多酒，也哭了好幾次。

也許，在愛情裡，我是懦弱的，注定一輩子只守候一個人，即使那個人最終的選擇不是我。

育蓁，很多話想對妳說，但是紙短情長，許多話，也只能在心底醞釀了。

答應我，妳會好好的，也會用微笑來面對未來的每一天。即使我不在妳身旁，妳依然可以用妳獨立的個性、倔強的脾氣、不服輸的性格，去迎接每一個挑戰的明天。

妳會做到的，對吧？我相信妳一定可以，因爲妳是李育蓁啊！

突然想到許久以前妳問過我的一個問題，如果一個人一生只能選一個人當作戀愛和結婚對象，我的選擇會是誰。

當時我只是笑，沒給答案，騙妳說一時之間沒辦法回答。其實，聽完妳的問題，答案就已經浮現。

那是妳，一直是妳，始終是妳，再無第二人選。

所以，爲了我親愛的妳，請妳一定要好好善待自己，不要再輕易流淚，也不要再讓自己傷心難過，請妳一定要幸福。

知道妳很幸福，就是我今生最大的冀望。

哲希」

看完信，我整個人崩潰了。我不能明白，爲什麼他這麼喜歡我，卻從來不肯對我說，我和他，都錯失了在一起的最好時機。

我發現，我眞的好想他，只要他平安回來，我再沒有其他奢望，即使是失憶記不得我也沒關係，我會照顧他，就像他照顧我那樣照顧他。

只要他好好地回來。

我只剩如此卑微的夢想而已。

海風強勁，我才吹一兩個鐘頭的風，頭就快爆炸了。

「我先帶妳回我們住的民宿休息吧，妳的臉色看起來好蒼白！」

阿洛站在我身旁，擔憂地看著我。

我搖搖頭，「不要！我要站在這裡等趙哲希回來，我有預感，他一定會回來的。」

「在他回來之前，妳是不是可以先把妳自己照顧好？我很怕他回來看到妳哭得不像話，又憔悴成這樣，會罵我不夠朋友。」

阿洛居然還有心情開玩笑，但我笑不出來。

他又陪我站了一會兒，我才輕輕地，用不確定的絕望口吻緩慢開口，「阿洛，你也相信趙哲希會回來的，對吧？」

「那是廢話啊！我當然相信他會回來，因爲他不只欠妳很多，也欠我不少，我今年釀了更濃更香醇的桂花酒，他都還沒喝到呢。」

我的唇角掛著笑，但一眨眼，眼淚就掉下來了。

「那今年冬天，我叫趙哲希開車載我去宜蘭找你，到時你再請我們喝。」

「那有什麼問題？冬天喝酒最讚，我還能煮點小菜給你們配酒吃。」

「光聽就覺得好誘人，那就這麼說定了。」

「嗯。」阿洛用力點頭，「就這麼說定了。」

我努力擠出笑，在絕望中懷抱希望，在期待中編織夢想。我的夢想是趙哲希，完完全全的他。如果他眞的回來，我一定要向他告白，我要跟他說，其實我愛了他好久好久，因爲這份愛藏得太深，我才始終都沒有發現。

我要跟他說，原來在我們分開的那段時間，我的想念不是自己以爲的朋友般單純的思念，而是像戀人一樣，是一種灼烈的想念，夾帶著無以名狀的酸楚，不斷侵蝕著我已經不完整的心。

原來，心早已經偏離原來的軌道，所以才會在和他相處時，感覺快樂與滿足，而且能短暫地遺忘程威宸，甚至可以一整天都不去想起他。

原來，我們都在不知不覺中，愛上對方了。

喜歡，是種單向的行爲，可是「愛」不一樣，必須是雙向的意志，才能稱之「愛」。

所以，我愛你！趙哲希，原來，我是愛你的。

我奔向海，把手圈在嘴邊，不畏眾人眼光的大喊，「我愛你，趙哲希……你馬上就給我回來，馬上、立刻、即時……」海水打上來，弄濕了我的腳，接著是腰。但我不管，只想不斷往海洋深處跑，彷彿這樣可以靠他近一點。

海水漫上了我的身軀，眼淚卻濡濕我的心，我哭著，「你馬上給我滾回來……」

海灘上的人驚呼成一片，阿洛跟著衝過來抓住我。

「妳瘋了嗎？人都還沒找到妳就想要海葬？」阿洛揚著怒氣，「萬一妳發生意外，我要怎麼向哲希交代？」

「可是萬一找不到他，我要怎麼辦？」我靠在阿洛的肩上，哽咽到不能呼吸。

我已經和他分開過兩次，一次是生離，這次是接近死別的分開。

兩次都很痛，一樣的錐心刺骨，一樣的刻骨銘心。

我再也承受不起了……

喜歡，是一種單向行為，幸好，我們擁有的是雙向的愛。

在寒流過境的十二月天，我隻身前往宜蘭，坐在車廂裡，隨著火車的擺動，身體也在搖晃。

腿上放著一本旅遊指南，是昨天下午去書店尋到的寶物。

我的心情很平靜，想起趙哲希，還是會微微一笑。

有些事，適合永遠藏在心裡面；有些人，卻適合常常想念。

火車在桃園暫時停靠，有人下車了，有人上車了，而趙哲希，卻始終坐在我心頭裡那個位置上。

旁邊本來坐了一位年近七十的老婆婆，她說她拿了自己栽種的蔬果，想送到桃園去給女兒和外孫們吃，我覺得她笑起來的樣子既幸福又可愛。

能為自己愛的人付出，是一種福分。

老婆婆隨著下車的人潮走了，沒多久，有人坐在剛才老婆婆坐的位置上，我沒抬頭，卻能從馨香氣息中，嗅到一股女性專屬的香水味。

很熟悉的香氣，彷彿在許久之前，也有人送過我一樣香味的香水，只是我用了幾次就沒再用，我不習慣在身上抹香水。

「李育蓁？」坐在隔壁的女生呼喚我，我驚訝地抬頭。

是程威婷。

原來這個世界真的很小！小到在異地也能遇見自己認識的人。

「妳怎麼在這裡？」程威婷很興奮地拉住我的手，笑得十分誠摯。

「去宜蘭找一個朋友。妳呢？」

「我換工作了，現在在台北工作，昨天來桃園找我以前讀書時的姊妹淘，今天要回台北了。」程威婷笑著，「好久不見耶！真的好意外，剛才我還以為是我看錯人了呢，妳好嗎？從妳和我哥分手後，我就一直沒見過妳，之前有幾次很想打電話給妳，又怕打擾到妳。」

「怎麼會呢？妳打電話來，我是很樂意接的。」

「我會怕嘛，怕妳和哥哥撕破臉，會連帶討厭我……」

「怎麼這樣想？我和妳哥也不算撕破臉，畢竟十年的感情，有一定的基礎在，而且，我是那麼公私不分的人嗎？我和妳哥分手是一回事，和妳的交情又是另一回事，如果你家有事需要我幫忙，我還是義不容辭啊！到底還是受過你們不少照顧嘛。」我笑著拍拍她的手，又問：「妳哥哥他最近好嗎？」

「還好。」程威婷有些惆悵地嘆了口氣，「你們剛分手時，他不大好，常常喝得醉醺醺的，要不然就是不要命地加班到天亮，我那時很擔心他會不會過勞死。」

「對不起。」

我眞心誠意地說，我不知道我的離開會害他變這樣，雖然知道他也許會難過，但不知道會這麼嚴重。

只是，面對一段再也繼續不了的感情，捨棄是必然的決定。

「這種事沒有對錯，不愛一個人，還硬留在他身邊，才是眞的殘忍，只有分開了，彼此才能尋找更適合的未來……我真的是這樣想的。」

「謝謝妳。」

「偷偷告訴妳喔。」程威婷突然把嘴湊到我耳邊，用著要講什麼天大祕密的口吻，小聲對我說：「我哥最近交了一個女朋友喔。」

「眞的嗎？」我睜大眼。

「眞的。」程威婷點點頭，又說：「不過我不是很喜歡她，她的妝化得太濃了，假睫毛又喜歡戴超長超翹的，一看就覺得很人工，我覺得我哥的眼光變差了。」

「也許她是一個很好的人。」

「才怪！我常常聽見我哥在電話裡和她吵架，感覺她是很任性的女生。」

「愛情的初始都會有磨合期，說不定磨合期一過，他們就不那麼會吵架了。」

「算了！別去管他們怎樣，反正愛情就是這樣，一個願打一個願挨，好壞都是他們的事了。妳呢？有沒有喜歡的對象？」

我笑了笑，說：「有一個。」

「眞的嗎？一定是比我哥還要棒的人吧？下次一起出來吃吃飯，介紹給我認識一下，好不好？」

「好啊。」

「太棒了！」程威婷開心歡呼，「要是妳結婚，也要寄喜帖給我喔。」

「還沒那麼快啦！」

「我先登記嘛，不然妳以後一定不會寄給我。」

我看著這個前男友的妹妹，覺得她和剛才的老婆婆一樣，都有一顆善良的心，還有可愛的笑容。

也許，這個世界並不是眞的那麼不好，因爲我們總會遇到一些可愛的人們，他們總是可以用笑容洗淨我們的憂傷，讓我們變得更好、更堅強。

火車到站，我提著行李走出月台，在出口處看見張大眼四處張望的阿洛。

不多久，他從人群裡發現我，便揮揮手，朝我走來。

「辛苦了。」他提起我的行李，笑得溫暖，「累不累？」

「還好。」我朝他扯開嘴角。

「我的車在那邊，走吧。」

阿洛和我並肩走著，宜蘭的氣溫比較低，我一面走，一面朝手心呵氣。

「喏，給妳的。」

見我冷到不停地走走跳跳，阿洛遞給我一雙粉紅色的兔毛手套。

「謝謝。」

我喜滋滋地接下，套在手上，在柔軟的兔毛裡，感受被放在心上的溫暖。

上了車，阿洛說：「今天煮了妳喜歡吃的咖哩飯喔，雖然忙了一整個上午，不過成果應該不錯。」

「眞的嗎？」我笑開了，「我好期待喔。」

阿洛開車的車速並不快，我卻因爲心中的期待，而忽略了周遭的明媚景色。整顆心鼓漲著飽滿的幸福。

回到阿洛的民宿，阿洛停好車，我便打開車門衝出去，連行李都不拿了。

「哇，好香……」

我站在門口用力呼吸，從廚房裡飄來的咖哩香，是幸福的味道。

「當然好香，忙了一整個早上了呢。」

阿洛提著我的行李走過來，站在我身後說。

我直接衝進廚房，看見一個忙碌的身影，正穿著圍裙站在瓦斯爐前，用大勺子翻攪著鍋裡的咖哩。

我跑過去，用力攬抱住他的腰，大叫著，「Surprise!」

「妳嚇了我一跳。」趙哲希回過頭，笑著，又舀了一匙咖哩，放在小瓷碟裡讓我嚐味道，用等待答案的眼神盯住我，「如何？」

「嗯……還不賴。」

「我忙了一個早上耶，就只是『還不賴』？」

「好吧！很棒。」

「這還差不多。」

原來，這就是他堅持一定要比我早一天到宜蘭的原因。

原來，被疼愛眞的是一種幸福。

「唉唷，請這對賢伉儷不要這麼恩愛好嗎？尤其是在廚房裡。」

阿洛走過來拿餐盤時，忍不住開口調侃我們一頓。

「你可以先退避一下，以免太養眼的鏡頭看太多會長針眼。」

趙哲希不甘示弱地反擊。

「OK，OK！爲了我的眼睛著想，小的先行告退好了。」

有些事，適合永遠藏在心裡面；有些人，卻適合常常想念。

午餐，在濃郁的咖哩香味裡開始，趙哲希知道我喜歡吃馬鈴薯，便一直從他那份咖哩飯裡挑出馬鈴薯，放進我的餐盤裡。

「唉唷，哲希，人家也喜歡吃馬鈴薯耶。」阿洛搞笑地拉尖聲音，嗲聲嗲氣地說。

「誰理你！」

趙哲希完全不理他，只斜睨了他一眼，又繼續吃著咖哩飯。

「差那麼多！眞的是男女有別喔？」

「那不是廢話？李育蓁是我女朋友耶，你誰啊你？」

「我是你的好朋友啊！」

「好朋友就不會試圖灌我酒，明知道我酒量不好還這樣，害我今天頭痛死了。」

「昨天晚上冷嘛，怕你冷才倒酒給你喝，讓你暖身耶，眞是的！眞心對你還要被你嫌棄，我要去牆角畫圈圈了啦。」

我看著這對哥兒倆鬥嘴，忍不住笑開臉來。

這，就是我想要的，簡單的幸福。

吃過午餐，我自告奮勇要洗碗。

「我來就好。」趙哲希搶著收盤子，還拿走我手上的餐盤，「妳坐車也累了吧！妳去休息，我來洗碗就好。」

「還好，又不是開車，不會累。」我眼見搶不過他手上的盤子，只好繼續收拾其他的東西。「而且你不是頭痛？煮飯也辛苦一整個早上了，你去休息好了，我來洗碗，跟你說喔，我可是洗碗高手呢，不是跟你說我家的碗都是我在洗的嗎？我這兩隻手可是練就一身洗碗好功夫呢。」

我自鳴得意。

「可是……」

「唉呀！趙哲希先生，我是不是可以請你不要做壞榜樣？」

阿洛在一旁看不下去，出聲抱怨，「哪有人像你這樣疼女朋友的？叫我們這些單身貴族怎麼敢交女朋友啊？萬一以後我們女朋友全都要以你們兩個人爲基準，那我們這些男生不是要累死了嗎？你就讓李育蓁大小姐去洗個碗是會怎樣？不然這樣打情罵俏是要甜蜜到什麼時候？」

於是，我得到一張贊成票。

帶著勝利的笑容，我開心地蹦蹦跳跳到廚房去洗碗，留下他們兩個男生在餐廳吃水果聊天。

看見趙哲希開朗的笑，我就能感覺幸福。

我慶幸在經歷了生離死別之後，我們終於能夠手牽著手，一起走接下來的人生旅途，也許未來會有風風雨雨，但有他在，我就不怕。

三個人的餐具不是太多，我很快就把洗碗槽裡的碗全洗乾淨。走出廚房時，正好聽見阿洛在高談闊論。

「阿邦說明年夏天要去關島浮潛，原班人馬啊，叫我問問你要不要一起去。」

「恐怕得先過李育蓁那一關才行。上次那樣把她嚇死了，她說以後只要我在她的管轄範圍內，都不准我去浮潛。」

「你不會騙她說你只是去度假，浮潛裝備我們幾個會幫你準備好，這你不用擔心。」

「我覺得我還是要尊重她的意見，這是我和她之前就約定好的。」

「喂，你眞的很不男人耶！你以前的氣魄都到哪裡去了？怎麼談個戀愛後整個人都不同啦？」

「因爲我不想讓她擔心啊，而且，不讓女朋友擔心，才是眞男人的表現。」

阿洛啐了一聲。

「也不是完全不能浮潛。」我走出來，坐在趙哲希身旁，笑著看他，「不過不能脫隊、不能到太深的地方去，還有……要帶我一起去。」

「唉唷唉唷，又來了！我可不可以拜託你們兩個人，不要動不動就這樣深情款款地看著對方啊？我雞皮疙瘩都起來了。」

阿洛在一旁大吼大叫。

趙哲希拉起我的手，說：「走！我們去外面走走。」

冬日的日光灑在身上，暖烘烘的，很舒服。

趙哲希和我，手牽著手，走在阿洛的花園裡。

冬季的花園已經不再萬紫千紅，不過我們絲毫不在意，我們享受的是兩個人依偎著彼此的溫暖。

我想起在澎湖，搜救隊找到趙哲希的情景。得知他獲救時，我高興得幾乎腿軟，站在沙灘上眺望海面，看見由遠而近的搜救艇時，眼淚怎麼樣也止不住。

趙哲希的狀況還好，只是有些失溫，身體虛弱了一點，當他從人群裡看見我，笑了。他向我招招手，見我走過去，就拉住我的手說：「妳怎麼來啦？」

依然是溫柔的聲音，依舊是溫暖的笑意，在那當下，他完全不顧自己身體的不舒服，仍舊最在意我。

陪他去醫院時，我在病房裡陪他，本來一掛人都跟著去了，大家見他精神狀況還不錯，就全被阿洛趕走，留下我陪著。

「我的信，妳看過了？」

我點點頭。

「有沒有造成妳的困擾？」

我搖頭。

「妳其實不用放心上，好好去當妳的新娘子，我一定包一個大紅包給你們。」

「我才不要。」我說：「你害我擔心難過，流了好多眼淚，你要對我負責。」

「對不起，我那時心神不寧，真的沒留意到自己已經脫隊，只是一直往前游，害你們爲我擔心了。」

「我不想要聽藉口和理由，這都不重要，我只要你對我流的淚，還有爲你擔的心負責任。」

「好吧！但要怎麼做呢？」

「做我的男朋友。」

趙哲希張大眼，不敢置信。

「在來澎湖之前，我就和程威宸分手了，我沒有辦法忍受自己整個心裡都是你，卻嫁給他，我做不到。」

趙哲希握住我的手，用力一拉，把我拉進他的懷裡。

他什麼話都沒說，但他的心跳聲，他環抱住我身子的手臂，都是他對我最深情的告白。

「趙哲希，你覺得我們會在一起多久？」我仰著頭看他。

「說天荒地老太老調，說海枯石爛也太矯情，我覺得我們會在一起，直到人生的途程走累了那天爲止。」

「這個說法我喜歡。」我挽緊他的手臂。

「不過在這之前，我們是不是該照顧好自己的牙齒？我可不想等我們老了的時候，去吃耶誕大餐，還得把假牙拔出來清一清再繼續吃。」

「唉唷，趙哲希你好噁心喔！」我受不了地拍打他的臂膀。

趙哲希一開始閃躲了幾次，眼見我攻勢猛烈，後來也不躲了，就這樣定定地看著我。

我被他看得奇怪了，紅著臉說：「你幹麼突然這樣看我？」

「有時候我會有種錯覺，覺得妳並不是眞的在我身邊，總認爲是我長久祈望所產生的幻覺，所以，妳就在我身旁，牽著我的手，對我笑著時，我總想把這樣的我們牢記在腦海裡，我太害怕這只是一場美夢，夢醒後，發現妳其實並不在。」

「那你這場美夢未免太久了！」我取笑他，「都幾個月了，還在懷疑是夢！」

「我眞不知道妳到底有沒有女生該有的浪漫情懷，通常男生這樣說，女生是不是應該要感動得投懷送抱？」

「很抱歉！本姑娘雖然偶爾也有浪漫的幻想，但大部分時候，我是很務實的。」

「妳……算了！」趙哲希嘆了口氣，「我其實也早就習慣妳的不解風情了。」

我「嘿嘿嘿」地笑了幾聲，說：「是你自己跟我說『柴米油鹽醬醋茶』才是我們眞實的人生，那些風花雪月、天長地久，是剛戀愛的人才會說的事。」

「好啦好啦，所以妳的意思是？」

「咖哩飯很好吃，但今天很冷耶，晚上你可以煮燒酒雞給我吃嗎？」

「我哪會煮燒酒雞啊？」趙哲希大叫。

「在這個世界上，有種東西叫網路，還有種東西叫搜尋引擎，另外有種東西叫食譜，這樣的提示夠明顯了嗎？」

「阿洛……」趙哲希轉頭大叫，「陪我去買一隻雞回來，我女朋友要吃燒酒雞啦……」

我聽見屋內阿洛殺豬般的叫聲從傳出來，「不要又來了啦，我快瘋了……」

我笑了，開心地大笑著，亮晃晃的陽光下，我看著自己愛著的那個男人皺著眉求饒，覺得世界上再也不會有人比他更可愛了。

喜歡，是單向的行爲，但是愛，是雙向的。

我慶幸，我們都擁有了愛，而他，是我這一生最幸福的抉擇。

你是我這一生最幸福的抉擇，因為我相信，這個世界上，再也不會有人比你更懂得也更珍惜我了。

【全文完】

〔後記〕

於是，我丟掉了我的於是

人哪，真的是到了一定年紀，總會渴望簡單平淡，愛情如是，生活亦然。因而，走到所謂「一定年紀」的我，就連書名也漸漸趨於簡單、生活化。

《於是》，是這本書，原來的名字。

至於爲什麼是這個名字，起因很簡單，因爲，我懶得想書名！在《靜靜的愛》和《那些年》以及《於是》這三個名字裡，我選擇了最簡單的兩個字。

於是，我的《於是》這個名字在完稿後，正式被選爲是這個故事的篇名。

然後，在稿件丟出後，我開始一貫閒雲野鶴的生活，等著編輯mail新書封面定稿，通知我這次出版的行銷方案，其餘的，我一概不再過問。

可是，就在閒人日子過了大約兩個星期，在某個我正在大快朵頤享用下午茶的時刻，編輯十萬火急地打電話給我，告訴我，在編輯們討論過後，決定更換這次的書名。

那一刻，我簡直傻掉了。這種狀況前所未見，我還是第一次遇到編輯要改我訂好的書名呢。

接著，編輯丟了幾個他們討論出來的新書名方案給我，只是，每一個都很長，每一個都很白話，每一個都讓我頭很暈。

「爲什麼一定要取這麼長的書名？」我問。

「因爲這次的封面很有意境，用口語化一點的書名，才能襯托出那種感覺。」

於是，我把那三個編輯提出來的書名加以修飾。

「那就叫《咫尺的你，光年外的愛情》如何？」我又問。

這已經是我自出書以來，最長的書名了。

結果，馬上被否決掉。

「大家討論的結果，覺得這個名字不夠口語化，不過我會考慮放在書腰。」

編輯的話成功擊潰了我的信心。

接連兩天，我們用簡訊、line、msn，不斷討論著書名，最後，定稿的書名誠如大家所見，就是《我可以不在你身邊，但請留我在你心裡》。

「為什麼一定要這麼長？如果要口語化，那用《即使不在你身邊，也請留我在你心裡面》，唸起來不是比較順口？」我依然在做垂死的掙扎。

「可是少了口語的一種『味道』。」編輯依然不斷地打我槍。

最後，編輯說：「這是一次突破的嘗試，就把最直接的感性訴求，在書名上表現出來。」

於是，我的《於是》就這樣被遺棄了，於是……我很沒志氣地被說服了。

接著，就是編輯一連串的心理輔導，他們太明白我的不安與徬徨，知道這次的大膽用藥，對我而言是有嚴重副作用的。

在不斷的溝通後，我決定和編輯們一起冒險，大概是因為人生裡，可以瘋狂與改變的機會不多，所以這次，我決定和編輯們來場顛覆傳統大冒險。

反正，人生本來就是一場冒險，對吧？

所以，我知道這次的冒險是一種新的嘗試，更希望得到你們的喜歡與支持。

那對我，以及認眞做這本書的編輯們，都是最大的鼓勵。

爲此，我們來做個小約定吧！如果你們也喜歡這次更動後的書名，那就上商周網路小說的FB粉絲團留言鼓勵編輯們吧，好嗎？

就這麼約定囉！

還在努力適應新書名的Sunry

國家圖書館出版品預行編目資料

我可以不在你身邊，但請留我在你心裡 / Sunry著.
-- 初版. -- 臺北市；商周，城邦文化出版；家庭傳媒城邦分公司發行, 民 101.09
面　；　公分. --（網路小說；203）

ISBN 978-986-272-234-3（平裝）

857.7　　　101016335

我可以不在你身邊，但請留我在你心裡

作　　者／Sunry
企畫選書人／楊如玉、陳思帆
責任編輯／陳思帆

版　　權／翁靜如
行銷業務／朱書霈、蘇魯屏
總　編　輯／楊如玉
總　經　理／彭之琬
發　行　人／何飛鵬
法律顧問／台英國際商務法律事務所　羅明通律師
出　　版／商周出版
台北市中山區民生東路二段 141 號 9 樓
電話：(02) 2500-7008　傳眞：(02) 2500-7759
blog：http://bwp25007008.pixnet.net/blog
email：bwp.service@cite.com.tw
發　　行／英屬蓋曼群島商家庭傳媒股份有限公司城邦分公司
聯絡地址：台北市中山區民生東路二段 141 號 11 樓
書虫客服服務專線：(02) 25007718・(02) 25007719
24小時傳眞服務：(02) 25001990・(02) 25001991
服務時間：週一至週五09:30-12:00・13:30-17:00
郵撥帳號：19863813　戶名：書虫股份有限公司
讀者服務信箱 email：service@readingclub.com.tw
城邦讀書花園網址：www.cite.com.tw
香港發行所／城邦（香港）出版集團有限公司
地址：香港灣仔駱克道 193 號東超商業中心 1 樓
email：hkcite@biznetvigator.com
電話：(852)25086231　傳眞：(852) 25789337
馬新發行所／城邦（馬新）出版集團 Cité(M)Sdn. Bhd.
41, Jalan Radin Anum, Bandar Baru Sri Petaling,
57000 Kuala Lumpur, Malaysia.
電話：(603) 90578822　傳眞：(603) 90576622
email:cite@cite.com.my

版型設計／小題大作
封面設計／黃聖文
電腦排版／浩瀚電腦排版股份有限公司
印　　刷／高典印刷有限公司
總　經　銷／高見文化行銷股份有限公司
電話：(02)2668-9005　傳眞：(02)2668-9790
客服專線：0800-055-365

■ 2012 年（民 101）9月6日初版
■ 2017 年（民 106）1月20日初版7刷
Printed in Taiwan

定價 / 200元

ISBN　978-986-272-234-3

商周出版

廣　告　回　函
北區郵政管理登記證
台北廣字第000791號
郵資已付，免貼郵票

104台北市民生東路二段 141 號 2 樓

英屬蓋曼群島商家庭傳媒股份有限公司　城邦分公司

請沿虛線對摺，謝謝！

商周出版

書號：BX4203	書名：我可以不在你身邊，但請留我在你心裡	編碼：

商周出版

讀者回函卡

謝謝您購買我們出版的書籍！請費心填寫此回函卡，我們將不定期寄上城邦集團最新的出版訊息。

姓名：＿＿＿＿＿＿＿＿＿＿＿＿＿＿＿＿　性別：□男　□女

生日：西元＿＿＿＿＿＿年＿＿＿＿＿＿月＿＿＿＿＿＿日

地址：＿＿＿＿＿＿＿＿＿＿＿＿＿＿＿＿＿＿＿＿

聯絡電話：＿＿＿＿＿＿＿＿＿＿　傳真：＿＿＿＿＿＿＿＿＿＿

E-mail：＿＿＿＿＿＿＿＿＿＿＿＿＿＿＿＿＿＿＿＿

學歷：□1.小學　□2.國中　□3.高中　□4.大專　□5.研究所以上

職業：□1.學生　□2.軍公教　□3.服務　□4.金融　□5.製造　□6.資訊

□7.傳播　□8.自由業　□9.農漁牧　□10.家管　□11.退休

□12.其他＿＿＿＿＿＿＿＿＿＿＿＿＿＿＿＿

您從何種方式得知本書消息？

□1.書店　□2.網路　□3.報紙　□4.雜誌　□5.廣播　□6.電視

□7.親友推薦　□8.其他＿＿＿＿＿＿＿＿＿＿＿＿＿＿

您通常以何種方式購書？

□1.書店　□2.網路　□3.傳真訂購　□4.郵局劃撥　□5.其他＿＿＿＿

您喜歡閱讀哪些類別的書籍？

□1.財經商業　□2.自然科學　□3.歷史　□4.法律　□5.文學

□6.休閒旅遊　□7.小說　□8.人物傳記　□9.生活、勵志　□10.其他

對我們的建議：＿＿＿＿＿＿＿＿＿＿＿＿＿＿＿＿＿＿＿＿